Chère Lectrice,

Vous qui rêvez d'un monde merveilleux, vous qui souhaiteriez parfois vivre l'histoire d'une héroïne de roman, vous avez choisi un livre de la Série Romance.
Vous verrez, en lisant cette aventure passionnante, que la chance peut sourire à tout le monde – et à vous aussi.
Duo connaît bien l'amour. Avec la Série Romance, c'est l'enchantement qui vous attend.

Un monde de rêve, un monde d'amour,
Romance, la série tendre,
six nouveautés par mois.

Série Romance

RENA McKAY

L'appel
des îles

Titre original : The Dream Spot (291)
© 1984 Rena McKay.
Originally published by Simon & Schuster, Inc.
Simon & Schuster Building
& Western Caual, New York

Traduction française : Diffusion
© 1985, Editions J'ai Lu
27, rue Cassette, 75006 Paris

Les livres que votre cœur attend

Titre original : *The Singing Stone* (291)
© 1984, Rena McKay
Originally published by S<small>ILHOUETTE</small> B<small>OOKS</small>
a Simon & Schuster division of Gulf
& Western Corporation, New York

Traduction française de : Claire Gaspard
© 1984, Éditions J'ai Lu
27, rue Cassette, 75006 Paris

Chapitre premier

D'un œil sceptique, Jennifer Bentley regarda sa grosse veste en laine et la rangea au fond du placard. Ce genre de vêtement serait totalement superflu à Hawaï.

— Franchement, Jenny, j'aimerais que tu reviennes sur ta décision...

La jeune femme se tourna vivement vers la porte en reconnaissant la voix troublée de sa mère. Celle-ci, sur le seuil de la chambre, plus pâle qu'à l'ordinaire, tournait et retournait nerveusement son alliance, trahissant ainsi une grande agitation intérieure. En dépit de son apparence calme et posée, elle avait toutes les peines du monde à dissimuler son anxiété.

Jennifer s'exhorta mentalement au calme. Depuis que sa meilleure amie de collège, Lona Marstead, l'avait invitée à Hawaï pour être demoiselle d'honneur à son mariage, ses parents ne cessaient de se conduire bizarrement. A les croire elle s'exposait aux pires dangers en s'aventurant dans ce lointain archipel ! Son père exprimait silencieusement sa réprobation et sa mère recourait aux prédictions les plus absurdes pour la dissuader de partir.

Enfin ! Ne pouvaient-ils comprendre l'impor-

5

tance de ce voyage à Hawaï ? Certes elle s'y rendait d'abord pour assister au mariage de sa meilleure amie — mais ce n'était pas là son unique motivation. Elle brûlait de revoir enfin son lieu de naissance ! Elle avait quitté les îles âgée de quelques semaines à peine et n'y était jamais retournée, non plus que ses parents. Ceux-ci, invariablement, répondaient depuis toujours de façon évasive aux questions de leur fille, fascinée par le pays de rêve où elle avait vu le jour...

La jeune femme plia dans sa valise une grande serviette de plage, bien décidée à ne pas se disputer avec sa mère. Sa décision prise, elle n'en changerait pas ! Jusqu'ici, elle ne s'était jamais trouvée en conflit ouvert avec ses parents mais les objections irrationnelles qu'ils lui opposaient l'irritaient plus qu'ils ne la convainquaient.

Pour changer de sujet, elle lança d'une voix claire :

— Tu sais, l'autre jour j'ai rencontré Holly Bergdon près de la poste. Elle vient de se séparer de son mari.

— Ah ! c'est très bien, répondit Mme Bentley d'un air absent, n'ayant manifestement rien écouté.

Puis elle s'approcha du lit sur lequel reposait la valise ouverte et revint à la charge.

— Tu pourrais envoyer à Lona un beau cadeau de mariage, au lieu de te déplacer. Je sais que tu disposes de peu de moyens depuis que tu as perdu ton travail mais ton père et moi serions ravis de te...

— Enfin, maman, Lona tient plus à ma présence qu'à un luxueux cadeau dont elle n'aura que faire! Franchement je ne comprends pas votre attitude à tous les deux. Je suis majeure et vaccinée, je ne vous ai jamais causé le moindre souci et aujourd'hui vous voulez me dicter ma conduite!

D'un geste sec elle boucla sa valise sous le regard catastrophé de sa mère.

— Jenny, écoute-moi... Nous ne prétendons pas régenter ta vie. Seulement nous t'aimons et voulons ton bonheur. Nous pensons que tu n'as pas mesuré tous les... risques qu'implique ce voyage.

— Voyons, maman, des millions de touristes visitent Hawaï chaque année! Papa et toi prenez l'avion plusieurs fois par an : c'est plus sûr que la voiture, tu le sais parfaitement. Et je suis certaine qu'il existe là-bas tout ce dont je pourrais avoir besoin, y compris des dentistes et des médecins aussi compétents que sur le continent. Alors de quoi pourrais-tu t'inquiéter?

— Je ne faisais pas allusion à ce genre de risques, avoua sa mère avec un sourire contraint. Mais en partant maintenant, tu passeras peut-être à côté d'une offre d'emploi intéressante...

La jeune femme travaillait depuis deux ans dans une petite banque locale qui venait de fusionner avec un établissement financier important. Les compressions de personnel entraînées par ce remaniement lui coûtaient son poste en raison de son manque d'ancienneté. Elle n'ignorait pas qu'il serait difficile de retrouver du travail mais, dans la morne conjoncture économique du moment, quelques semaines de vacances ne feraient guère de différence.

— Tu crains qu'à quarante ans je sois encore à votre charge ? plaisanta-t-elle dans l'espoir de détendre l'atmosphère.

La manœuvre n'eut pas l'effet escompté.

— J'espère que bien avant cet âge, vous nous aurez donné des petits-enfants, Matt et toi ! A propos, as-tu songé qu'en ton absence une autre fille pourrait te voler ton Matt ?

— Je crois me souvenir que tu n'as évoqué ce risque qu'une cinquantaine de fois, au moins...

— Tu devrais y réfléchir sérieusement ! Matt est beau garçon, intelligent, loyal : il y en a peu comme lui à Vainville...

— S'il se laisse séduire par une autre dès que j'ai le dos tourné, c'est que notre relation n'est pas très profonde.

— Avez-vous fixé une date approximative pour le mariage ?

— Mais nous ne sommes même pas officiellement fiancés ! protesta Jennifer. Matt préfère attendre que sa compagnie d'assurances soit bien implantée, avoir un solide noyau de clientèle, économiser suffisamment pour acheter une maison avant le mariage. Nous en avons déjà parlé.

— Et que penses-tu de cette attitude, toi ?

— Je la trouve très raisonnable.

La réponse de la jeune femme était en réalité un faux-fuyant. En fait les affaires de son fiancé marchaient à merveille, il possédait un apport personnel suffisant pour contracter un prêt et poussait Jennifer à envisager leur mariage sans tarder. C'est elle-même qui lui fit remarquer qu'en patientant encore un peu ils pourraient

8

obtenir un crédit à des taux moins élevés ; il en avait convenu.

— Il est parfois déraisonnable d'avoir une attitude... si raisonnable, lâcha Mme Bentley d'un ton triste et énigmatique.

La jeune femme, qui s'apprêtait maintenant à remplir son sac de voyage, suspendit son geste.

— Curieux sous-entendu ! s'exclama-t-elle sans cacher son étonnement. Surtout de ta part...

Le sourire las de sa mère l'émut tant qu'elle lui enlaça affectueusement les épaules.

— Maman, je t'en prie, tu agis comme si mon départ pour Hawaï constituait une désertion ! Tout ira bien, je te le promets. Ne t'inquiète pas au sujet de Matt, ou de mon travail. J'ai vingt-deux ans et ce ne sont pas ces quelques semaines de vacances qui bouleverseront mon existence !

— Quelques semaines ? s'écria Mme Bentley d'un air horrifié. Tu parlais seulement de deux semaines, pas plus !

— Le billet d'avion est assez cher, autant l'amortir en restant plus longtemps ! Il y a tellement de choses que j'aimerais voir, là-bas !

— Kauai est loin d'être la plus grande île d'Hawaï. Deux semaines te suffiront largement à en faire le tour.

La jeune femme soupira. A quoi bon expliquer qu'au début de son séjour elle passerait le plus clair de son temps à aider Lona dans ses prépa-ratifs ? A bout d'arguments, et s'inquiétant sur-tout de la pâleur soudaine de sa mère, elle suggéra d'un ton conciliant :

— Ecoute, assieds-toi un moment, je descends chercher du café.

Après lui avoir calé un coussin dans le dos, elle

se rendit à la cuisine et constata que la cafetière était vide. Sa mère avait dû en boire plusieurs tasses depuis le départ matinal de son mari pour ses visites à l'hôpital de Vainville. Jennifer décida de préparer du chocolat chaud. Elle fit chauffer une casserole de lait puis se posta devant la fenêtre, les bras croisés. Les rideaux en vichy rose et blanc encadraient un paysage hivernal. Il neigeait sur les plaines immenses du Midwest, comme toujours en cette saison. Cependant le bulletin météo annonçait pour le lendemain un ciel dégagé ; son avion décollerait donc sans encombre.

Une fois encore elle s'interrogea sur l'étrange réaction de ses parents. Elle se savait mûre, responsable, prudente et ne comprenait rien à cette attitude brusquement étriquée.

Bien sûr il lui arrivait parfois d'éprouver une curieuse sensation d'impatience, qu'elle n'arrivait pas à définir. Comme si une part d'elle-même se sentait prisonnière...

Elle éteignit le gaz juste au moment où le lait bouillant menaçait de déborder. Sur un plateau elle disposa des biscuits et deux bols dans lesquels elle mélangea du cacao en poudre. Puis elle le porta dans sa chambre.

Mᵐᵉ Bentley n'avait pas bougé, le visage tourné vers la fenêtre, une expression lointaine dans le regard. La danse des flocons de neige semblait l'hypnotiser.

— Tu te rappelles les jours où je n'allais pas à l'école à cause d'un rhume ? Tu me dorlotais et m'apportais mille gâteries... A moi d'être aux petits soins pour toi, aujourd'hui !

— Tu me demandais toujours du chocolat, je

m'en souviens. Ah! tu étais une petite fille très têtue!

— Mais je suis devenue une femme.

— C'est justement là le problème...

Jennifer s'assit sur le lit recouvert d'un édredon à volants dont le tissu à fleurs lui paraissait maintenant trop naïf, trop « jeune fille ». Mais bientôt elle quitterait la maison et n'éprouvait nul besoin de changer le décor de sa chambre.

— Maman, si je peux me permettre, ce n'est pas moi qui ai un problème. C'est toi.

— Tu as raison. Jusqu'ici j'ai invoqué de fumeux prétextes pour te dissuader d'aller à Hawaï, au lieu de t'exposer les véritables raisons qui me poussent à te mettre en garde.

Inexplicablement, la jeune femme ressentit un soudain frisson d'appréhension. Elle n'était pas certaine de vouloir en entendre davantage.

— Si tu préfères ne pas en parler...

— Non, je crois nécessaire de tout te dire. Il s'agit d'une coïncidence tellement frappante... c'est effrayant. Comme si le destin revenait sur ses pas...

— Une coïncidence?

Mme Bentley, qui examinait sa tasse d'un air absorbé, se décida enfin.

— Tu es née à l'hôpital de Lihue, sur l'île de Kauai, dans l'Etat d'Hawaï. Nous t'avons toujours dit que nous vivions là-bas en raison des études médicales de ton père. La vérité est légèrement différente.

Cette fois Jennifer aurait voulu fuir, se boucher les oreilles. Pourtant sa mère semblait bien décidée à lui assener quelque révélation... Elle l'écouta sans mot dire, inquiète et tendue.

— Je dois remonter loin en arrière. Ton père et moi nous sommes connus au lycée. Il avait deux ans d'avance sur moi. Lorsque, à mon tour, je suis entrée au collège, je partageais ma chambre avec une certaine Liu Chang, une fille d'une riche famille d'origine chinoise installée à Kauai. Ses parents l'avaient envoyée poursuivre ses études dans le Midwest, sous prétexte que de nouveaux horizons lui enrichiraient l'esprit. En fait ils cherchaient simplement à l'éloigner du garçon qu'elle aimait.

La jeune fille sursauta : son amie hawaïenne Lona avait été expédiée ici, au fin fond du Kansas, pour les mêmes raisons.

— Liu détestait le Midwest, la neige, le froid, l'accablante platitude du paysage. Pourtant elle supporta l'épreuve et tint bon jusqu'à l'obtention de son diplôme. Moi, j'ai interrompu mes études en chemin pour épouser ton père, alors étudiant en médecine. Pour lui permettre de continuer, nous avons décidé que je travaillerais pour faire bouillir la marmite. Cet arrangement paraissait logique, raisonnable. Mais je ne m'attendais pas à le vivre aussi mal en pratique.

Après une brève interruption, Mme Bentley reprit, plongée dans de sombres souvenirs :

— Ce fut pour moi une période très pénible. J'exerçais un travail monotone, inintéressant. Nous avions loué un studio minuscule et nous économisions jusqu'au dernier sou. Je me sentais prise au piège, enfermée. Cole, lui, absorbé par ses études, ne remarquait pas à quel point j'étais malheureuse... Et puis, par hasard, on m'offrit la possibilité d'échapper quelque temps à l'assommante routine quotidienne. Liu était

12

rentrée à Kauai. Ni le temps ni la séparation n'avaient altéré ses sentiments pour celui qu'elle aimait et ses parents avaient fini par capituler... Liu tenait absolument à ce que j'assiste au mariage et sa famille insista pour m'offrir le voyage.

L'histoire de Lona était à peine différente, songea Jennifer. Seule entorse au scénario, son amie, une fois rentrée à Hawaï, était tombée amoureuse d'un autre homme! Et M. et Mme Marstead proposèrent généreusement à Jenny un billet d'avion, qu'elle refusa fièrement, préférant puiser dans ses économies personnelles.

— Cole était plutôt furieux, à l'idée de mon départ, poursuivit sa mère. Pourtant il convint avec moi qu'il serait absurde de laisser passer cette chance inespérée de me distraire un peu. Alors je suis partie, croyant m'absenter deux semaines... Oh, Jenny, si tu savais! Je me trouvais soudain transplantée dans un autre monde! Une vie facile, grisante, excitante... L'air embaumé du parfum des fleurs, le sable chaud, une douce paresse...

Mme Bentley tourna vers la fenêtre son beau visage inexplicablement triste. Lorsqu'elle reprit la parole, ce fut un choc pour sa fille.

— Et j'ai rencontré un autre homme, dont la famille possédait une chaîne d'hôtels dans les îles. Il avait mon âge, une redoutable expérience des femmes et en même temps une gaieté, un entrain presque juvéniles. Le présent seul comptait. Au diable l'avenir! Il était beau, amusant, un peu casse-cou. Nous riions beaucoup ensemble. Il m'emmenait danser, se montrait plein d'attentions, me comblait de cadeaux. Le soir nous allions dîner dans d'élégants restaurants, les fêtes se succédaient... tu sais, les fameux *luaus* indigènes, qui durent toute la nuit. Nous faisions du *prao* — de la pirogue — dans la journée, ou bien nous profitions de son avion privé pour une petite excursion dans une île voisine. Auprès de lui, j'avais l'impression d'être la personne la plus importante au monde...

Il y avait en effet de quoi perdre la tête, songea Jennifer en réprimant un tremblement.

— J'ai alors écrit à Cole pour lui annoncer que je prolongeais mon séjour à Kauai. Un peu plus tard, dans une autre lettre, je lui ai expliqué que j'étais tombée amoureuse et que je voulais ma liberté.

— Et qu'a-t-il répondu ? questionna la jeune femme avec un détachement apparent.

— Que si j'aimais quelqu'un d'autre, il ne s'opposerait pas à mon bonheur. Mais qu'il faudrait m'occuper moi-même de toutes les formalités relatives à notre séparation et qu'il ne me faciliterait pas la tâche en demandant le divorce.

— Et alors... ?

— J'ignorais tout des procédures juridiques, j'ai donc demandé conseil à Alo.

— Alo... le nom de celui que tu aimais ?

Sa mère esquissa un sourire amer.

— Que je croyais aimer à l'époque, corrigea-t-elle d'une voix atone. Quand il a appris mon projet de divorce, il est tombé des nues, sincèrement horrifié. Il s'est défendu, à juste titre, de m'avoir promis quoi que ce soit, d'avoir envisagé une relation sérieuse et durable. Il m'apportait

14

simplement ce que toute jeune femme espère trouver à Hawaï : du rêve, de l'amour, de l'évasion. Mais rien de plus...

Jennifer eut une exclamation indignée mais sa mère secoua la tête.

— Il avait raison, à sa manière. J'étais seule à blâmer pour avoir confondu le grand amour avec un simple flirt de vacances. Lui, non. Libre comme l'air et la conscience en paix, il s'est rappelé à point nommé quelques affaires à régler dans une autre île et il est parti. Peu de temps après, j'ai découvert ce dont j'aurais dû me rendre compte si je ne m'étais pas laissé emporter par des chimères : j'attendais un enfant.

Cette fois, Jennifer resta abasourdie.

— Je ne savais que faire. J'avais écrit à Cole des choses terribles, l'accusant de m'avoir sacrifiée à sa future carrière, de m'avoir trahie, tout en protestant de mon amour pour celui que je croyais être l'homme de ma vie. Je compris trop tard, en fait, que j'aimais réellement ton père et que j'avais commis une lourde erreur. Je ne savais que trop qu'il ne voudrait plus de moi après ce que je venais de lui infliger... J'ai difficilement trouvé du travail comme vendeuse dans un magasin de souvenirs. Liu et son mari avaient emménagé à Maui, je me retrouvais complètement seule. Ma grossesse fut difficile, pénible. Au cours du huitième mois, j'ai dû être hospitalisée. C'est de là que, pendant un moment de désespoir, j'ai téléphoné à ton père pour lui dire que j'étais seule, malade... et sur le point d'accoucher.

Les yeux écarquillés, Jennifer se regarda dans le miroir de sa chambre qui lui renvoya son

15

visage défait, plus pâle qu'à l'ordinaire, encadré de cheveux d'un noir profond et lustré, si différents de la chevelure châtain clair de sa mère. Un vertige inconnu la saisit.

— Maman, essaies-tu de me dire que mon père... n'est pas véritablement mon père?

Mme Bentley se leva vivement, le regard consterné.

— Non, ma chérie. Oh non! Rassure-toi, regarde tes yeux, gris et changeants comme les siens. Je le reconnais tellement en toi! Tu as été conçue juste avant mon départ pour Hawaï, les tests médicaux sont formels. Mais cela je l'ignorais à l'époque.

Un immense soulagement envahit la jeune femme.

— Pardonne-moi d'avoir cru un instant que...

— Tu as eu raison de me poser la question. Et je veux que tu saches ceci : lorsque j'ai appris à ton père que j'attendais un enfant, il ne m'a pas demandé de qui il était. Il est simplement venu me retrouver par le premier avion. Bouleversée par une telle marque d'amour et de générosité, j'ai compris qu'il m'aimait au point de tout me pardonner, d'effacer tout ce gâchis. Grâce à son amour, à sa compréhension, nous nous sommes petit à petit retrouvés, reconstruits... Mais mon état m'interdisait tout déplacement, nous ne pouvions donc pas rentrer au Kansas. Alors Cole est resté auprès de moi, au risque de compromettre sa dernière année d'études, jusqu'à ta naissance. Nous sommes partis et je n'ai plus jamais voulu retourner à Hawaï. D'ailleurs j'ai toujours refusé, depuis, de voyager sans ton père. C'est un homme merveilleux, Jenny.

— Je sais, maman, murmura Jennifer d'une voix étranglée, en enlaçant tendrement sa mère.

Il y eut entre elles un moment d'intense émotion qui les rendit muettes.

— M'en veux-tu, maintenant que tu sais... ?

— Oh non! Tu es une femme, et une mère tellement merveilleuse! Je comprends ce qui s'est passé, je ne te reproche absolument rien. Mais... franchement, je ne vois pas pourquoi moi je me priverais d'un séjour à Hawaï. Je ne veux pas te heurter, j'essaie simplement de te dire que, malgré quelques coïncidences troublantes, je me trouve dans une situation très différente de la tienne au moment de ton départ. D'accord?

— Pas vraiment, non. Ecoute, Jenny, je me demande parfois si tu ne répètes pas certaines erreurs que nous avons commises dans le passé, ton père et moi. Tu planifies ton existence de manière presque trop raisonnable, au détriment du présent. Remettre ton mariage à plus tard, par exemple... Attendre de voir ce que te réserve l'avenir... C'est très bien, mais ne crois-tu pas que tu devrais épouser Matt maintenant? Je serais tellement rassurée si tu allais avec lui à Hawaï, en voyage de noces, au lieu de partir seule!

Jennifer imagina un instant la réaction de son fiancé si elle lui proposait comme cela, abruptement, une lune de miel à Kauai! Lui qui détestait être pris au dépourvu verrait certainement des montagnes d'objections à un départ précipité.

— Voyons, maman, je te répète que je ne risque rien. Tu t'imagines des choses!

— Non, Jenny. Je me reconnais en toi, je décèle chez toi la même vulnérabilité sous une

17

force apparente. Je sais qu'en réalité tu rêves d'aventures, de sentiments passionnés — au risque de te faire très mal. La routine quotidienne ne t'apporte pas ce à quoi tu aspires ; il te faut, pour vivre pleinement, te sentir portée par une force supérieure... l'amour, par exemple. Or tu ne l'as jamais encore connu...

Une délicate rougeur empourpra les joues de la jeune femme. Sa mère insista :

— Je t'en supplie. Admets ces coïncidences, cet avertissement du destin : tu pars assister au mariage d'une amie de collège originaire de Kauai, comme moi tu prévois déjà de prolonger la durée de ton séjour ; et tu laisses derrière toi un homme solide, fiable, dont la loyauté peut te paraître... ennuyeuse, monotone. A tort.

— Ainsi tu ne crains pas que Matt en trouve une autre pendant mon absence... mais que je perde la tête ?

— J'ai peur que tu ne répètes mon erreur, que tu ne te trompes à ton tour et que le hasard ne t'offre pas de seconde chance de bonheur.

— Je compte en effet rester là-bas plus longtemps que prévu mais nullement pour les mêmes raisons, reconnais-le. Quelles que soient les circonstances de ma naissance je suis née à Kauai et je brûle de curiosité à la perspective de découvrir mon île. L'invitation de Lona tombe à pic !

Mme Bentley reprit son siège en soupirant.

— Il ne s'agit pas d'une simple curiosité, hélas ! Depuis ta petite enfance tu ne rêves que de ces îles. Déjà tu ne cessais de me questionner sur Hawaï, tu collectionnais toutes les photos que tu pouvais trouver. La musique hawaïenne, les fleurs exotiques t'attiraient irrésistiblement.

— Ce n'est pas pour cela que je vais tout abandonner pour un bel aventurier! Crois-moi, j'ai la tête sur les épaules et je suis solidement ancrée dans la réalité.

— Tu es sûre de toi pour le moment. Mais la musique des îles ressemble au chant des sirènes qu'entendit Ulysse. Dans cet univers magique, on parvient mal à démêler les mirages de la réalité. L'air charrie des parfums de fleurs enivrants, la mer est si bleue, si tiède, frangée d'un sable blond comme tu n'en as jamais vu. Au clair de lune, l'océan se moire de reflets argentés et les montagnes se découpent sur le ciel bleu nuit avec une majesté presque... païenne. On perd toute notion du temps et des priorités essentielles, et il devient si facile, alors, de s'abandonner aux plaisirs légers de l'amour...

Mme Bentley s'interrompit soudain et se mit à rire.

— Tu vois, la simple évocation de cet univers au charme dangereux me fait divaguer! J'ai l'impression de réciter le texte d'une brochure touristique qui vous promet de merveilleuses vacances, idylles comprises, pour le prix d'un aller et retour!

En effet, Jennifer s'étonna des propos poétiques tenus par sa mère, qui contrastaient étrangement avec sa retenue habituelle ou les rendez-vous de bridge et les recettes de cuisine qu'elle échangeait avec ses amies.

— J'ai malheureusement le sentiment que ma confession n'a rien changé à ta décision, conclut Mme Bentley avec un lourd soupir.

— Non mais une femme avertie en vaut deux ! rétorqua Jenny avec une fausse gaieté.

— Tâche de te souvenir que Matt possède de nombreuses qualités...

— Je te le promets.

A cet instant la sonnerie du téléphone mit un terme à leur conversation. C'était Matt, qui s'excusait de ne pouvoir passer dire au revoir à sa fiancée : un dîner d'affaires l'appelait le soir même à Topeka et il devait partir sur-le-champ afin de régler sur place certains détails.

— Tu ne vois pas Matt ce soir ?

— Non, il a un dîner d'affaires prévu depuis des siècles, qu'il ne peut remettre. Mais nous avons dîné ensemble hier soir. Je ne lui en veux pas du tout.

— Ah bon...

Le téléphone sonna de nouveau, cette fois pour Mme Bentley. Pensive, Jennifer termina ses préparatifs, plus décontenancée qu'elle n'osait se l'avouer.

Le lendemain, à l'aube, sa mère la conduisit jusqu'à l'aéroport de Kansas City, lui recommandant une dernière fois de se montrer prudente. Elles s'embrassèrent avec émotion. Quelques instants plus tard, l'appareil s'envolait vers le couchant, emportant à son bord une jeune femme désorientée et curieusement fébrile...

Ils firent escale à San Francisco puis à Honolulu, sur l'île d'Oahu, avant de redécoller pour celle de Kauai. L'aéroport de Lihue, la ville principale, balafrait de ses pistes d'immenses champs de canne à sucre qu'ils survolèrent jusqu'à l'atterrissage.

Fatiguée par le voyage, excitée à l'idée de

retrouver son sol natal, Jennifer descendit la passerelle, les jambes chancelantes, son lourd sac à la main, puis suivit le flot des touristes vers la zone de récupération des bagages.

Dans la foule parquée derrière les barrières de sécurité, une main s'agitait joyeusement.

— Jenny ! Jenny ! Ici !

Lona, souriante sous son casque de cheveux châtains, courut à la rencontre de son amie, accompagnée d'un homme blond assez trapu, son fiancé, sans doute.

Et, derrière eux, un autre homme.

Le regard de Jennifer fut irrésistiblement attiré vers sa haute silhouette malgré l'accueil enthousiaste et chaleureux de Lona. Son beau visage buriné paraissait sculpté dans du bronze chaud, doré, tout comme son corps long et musclé, ses larges épaules. Le soleil avait éclairci quelques mèches de ses cheveux blond miel et son bronzage, sa patine plutôt, mettait en valeur l'éclat d'yeux bleu saphir. Nonchalamment il détailla la jeune femme des pieds à la tête puis sourit lentement — un sourire connaisseur, chargé d'un défi moqueur.

Soudain, en dépit de la chaleur tropicale, Jennifer frissonna. Devant son regard stupéfait se dressait, en chair et en muscles, l'incarnation, ô combien virile, de tous les dangers contre lesquels sa mère l'avait mise en garde.

Chapitre deux

— Je suis tellement heureuse que j'en oublie les usages ! s'exclama Lona en passant autour du cou de son amie un odorant collier de fleurs.

Une main hâlée intercepta le *lei*.

— Laisse-moi faire.

— Dis donc ! protesta Lona.

Trop tard. L'inconnu plaçait déjà le collier de fleurs de frangipanier sur la gorge de Jennifer ; il souleva la masse sombre de sa chevelure afin que les pétales d'un blanc crème reposent tout près de sa peau nacrée.

— Une jolie femme devrait toujours être accueillie par un homme à son arrivée dans l'archipel. C'est une vieille tradition hawaïenne.

Il s'adressait à Lona mais ses yeux incroyablement bleus ne quittaient pas le visage de Jennifer. Sa voix un peu rauque était doucement caressante, son sourire ensorcelant. Ses paumes ouvertes remontèrent jusqu'aux joues de la jeune femme puis, délibérément, sa bouche vint se poser sur la sienne.

Elle défaillit presque sous l'effet de la surprise, de la colère et de l'indignation. Pour qui se prenait-il ? Comment osait-il l'embrasser de manière aussi intime, et en public encore, devant Lona et son fiancé ! Et d'abord qui était-il ?

Furieuse, elle voulut repousser son torse musclé. Mais il redressa à peine la tête pour murmurer :

— Vous refusez de vous plier aux coutumes hawaïennes ?

Ses lèvres sensuelles, au goût légèrement salé d'eau de mer, recouvrirent à nouveau les siennes. Elle connut alors un moment de trouble torturant. Si elle se rebiffait ouvertement, elle risquait d'attirer davantage encore l'attention sur eux. Après tout, la guirlande de fleurs et le baiser faisaient partie du cérémonial hawaïen de bienvenue...

Sentant diminuer sa résistance, l'inconnu émit un imperceptible murmure d'approbation et son baiser s'enhardit. Les doigts de Jennifer se crispèrent involontairement sur l'étoffe un peu rugueuse de sa chemise, ses paupières se fermèrent et elle se sentit flotter dans un « ailleurs » moelleux, emportée dans un tourbillon de bien-être purement physique.

Ses lèvres s'entrouvrirent sans qu'elle le voulût vraiment, cédant à la pression de celles de l'homme, à la fois douces et fermes. Du pouce il caressait les contours de sa bouche, tandis que ses longs doigts se perdaient dans ses cheveux bruns.

Lorsque enfin il détacha sa bouche de la sienne, elle s'aperçut qu'elle se cramponnait de toutes ses forces à ses poignets minces et vigoureux. Ses yeux gris s'agrandirent démesurément tandis qu'elle luttait contre une étrange sensation de vertige. Puis, avec une exclamation étouffée, elle laissa retomber ses bras le long de son corps et recula d'un pas. Nerveusement elle tira sur sa jupe de lin beige, réajusta son léger blazer et se lissa les cheveux. Et au sourire de celui qui la dévisageait effrontément, elle comprit qu'il n'était pas mécontent d'avoir provoqué en elle pareil désordre.

— Bienvenue à Kauai, fit-il nonchalamment.

— Merci.

Elle avait répondu d'un ton sec, furieuse d'avoir perdu ses moyens. Au même instant Lona saisit son amie par le bras comme pour la protéger d'un nouvel assaut et fusilla du regard leur arrogant compagnon.

— Jordan, tu exagères ! La coutume est d'embrasser sur la joue et non...

— Pardon. Les rituels hawaïens sont si compliqués ! Je ne les maîtrise pas encore parfaitement. Mais avec un peu d'entraînement...

Il se pencha légèrement et déposa sur la joue de Jennifer un chaste baiser. Elle y porta immédiatement la main, comme si les lèvres du dénommé Jordan la brûlaient encore. Un long frisson la parcourut.

Tendue, Lona s'interposa et procéda aux présentations. L'air, soudain, était comme électrifié.

— Jenny, je te présente Jordan Kane, un ami de Ron. Et voici mon fiancé, Ron Fletcher.

— Nous sommes si heureux que vous ayez pu venir, déclara Ron d'un ton chaleureux et amical. Lona ne tenait plus en place à l'idée de vous revoir.

— Et je suis enchanté, que dis-je, transporté de vous connaître, ajouta Jordan Kane en inclinant cérémonieusement la tête. Si mon baiser de bienvenue vous a semblé trop enthousiaste, je vous prie d'accepter mes plus humbles excuses.

L'éclat malicieux de ses yeux bleus démentait l'aspect formel de ses paroles. Non seulement il n'avait pas l'air confus mais il paraissait même disposé à récidiver.

— Vous voyez vos bagages ? questionna Ron en désignant une accumulation de valises sur le tapis roulant de caoutchouc.

— Oui, ce sont les deux bleues, là-bas...

— Je vais les chercher, proposa Jordan Kane.

Il s'éloigna d'un pas souple et rapide. Quand il revint, Jennifer put observer à loisir l'homme qui lui avait souhaité la bienvenue à Kauai de manière aussi hardie. Il portait un jean délavé assez bas sur les hanches, une vieille chemise en toile bleue largement ouverte sur sa poitrine ambrée et dont les manches étaient négligemment retroussées au-dessus du coude, découvrant ses bras aux muscles fermes et déliés.

Lona surprit l'examen auquel se livrait son amie et lui chuchota à l'oreille :

— Ne fais pas attention à lui. Quel mufle ! Je t'expliquerai plus tard.

Elle accompagna cette remarque d'un regard noir vers Ron, comme si elle le rendait responsable de la désinvolture de son ami.

Jordan les précéda jusqu'à la voiture, garée sur le parking. Au moment où il mettait les valises dans le coffre, Jennifer se rappela que, dans sa confusion, elle avait laissé son sac de voyage dans le hall de l'aéroport. Lona et son fiancé s'étaient déjà installés à l'avant du véhicule tandis qu'elle prenait place sur la banquette arrière.

— Ne bougez pas, j'y vais, décréta Jordan Kane avant de refermer la portière sur elle.

A peine s'était-il éloigné, de sa démarche souple de grand fauve, que Lona et Ron échangèrent un regard furieux.

— Tu lui en veux parce qu'il a laissé tomber ton amie Liana, accusa le jeune homme.

— Mais enfin tu as remarqué sa conduite scandaleuse avec Jenny? Il est vraiment insortable!

Malgré sa curiosité, Jennifer se garda d'intervenir dans cette discussion. Ron poursuivit, comme pour défendre son ami:

— Il doit récupérer sa voiture chez le garagiste, je lui ai proposé de l'emmener. Ça me semble normal, non?

— La prochaine fois qu'il aura besoin d'un chauffeur, conseille-lui plutôt d'essayer l'autostop. Regarde-le se pavaner comme un hercule de foire! Le « macho » dans toute son horreur!

Jordan revenait, le sac en toile à la main.

— Voyons, Lona, il a passé la journée à secourir un touriste blessé au fond de la vallée. Il n'allait pas entreprendre un sauvetage en costume trois-pièces!

Dans le silence qui suivit, Jennifer glissa une remarque anodine sur la douceur de l'air. Déjà Jordan s'asseyait à côté d'elle; il lui tendit son sac.

— Merci. J'ai eu de la chance que personne ne me le vole!

La voiture démarra. Bientôt les deux jeunes femmes se lancèrent dans une conversation ani-

26

mée. Mais Lona restait constamment tournée vers l'arrière afin d'en surveiller les occupants...

Aux champs de canne à sucre succédait un habitat clairsemé. Aucun immeuble, même parmi les plus luxueux, ne dépassait trois étages. Partout, envahissant tout, une végétation luxuriante. La protection de la flore, le caractère sauvage de l'île préservé par une administration efficace en faisaient un paradis terrestre. On l'eût crue surgie des premiers jours du monde. La route principale desservait toutes les agglomérations côtières mais ne pénétrait pas à l'intérieur des terres, où s'élevaient de hautes montagnes torturées, creusées de vallées et de canyons. C'était dans l'une de ces vallées, peut-être celle de Kalalau, la plus encaissée, que Jordan Kane venait d'effectuer un sauvetage...

Arrivé à un croisement, Ron tourna à droite et s'arrêta bientôt devant un garage d'aspect délabré. Jordan, resté silencieux durant tout le trajet, désigna une voiture de sport bordeaux garée à quelques mètres de l'atelier.

— On dirait qu'elle est prête ! Merci de m'avoir déposé, Ron.

Puis il ajouta d'un ton faussement cérémonieux :

— Heureux de vous avoir rencontrée, mademoiselle Bentley. Peut-être nous reverrons-nous pendant votre séjour.

— Au revoir, répondit froidement Jennifer, distante. Je vous remercie de vous être occupé de mes bagages.

Il adressa un signe de tête ironique à Lona avant de serrer la main de son ami et descendit. Ron redémarra, tout en expliquant à Jennifer :

— Jordan avait garé son auto à l'aéroport et un abruti quelconque lui a froissé une aile en reculant.

— Je me demande par quel miracle il peut se permettre de vivre dans une aussi belle maison, marmonna Lona.

Cette aigre remarque s'inscrivait sans doute dans l'orageuse polémique qui opposait depuis longtemps Lona et Ron au sujet de Jordan Kane. Le fiancé de la jeune femme riposta avec une pointe d'agacement :

— C'est le meilleur pilote d'hélicoptère de l'archipel, tout le monde le sait. Il a plus de travail qu'il n'en voudrait ! Cesse de le déprécier sans arrêt !

Lona leva les yeux au ciel mais changea sagement de sujet.

— Jenny, pour l'instant tu dois avoir du mal à t'adapter au décalage horaire et je ne veux pas te bousculer. Mais il y a tant de choses que je voudrais te montrer ici ! Je suppose que tu aimerais d'abord aller à la plage...

— Avant cela il faudrait acheter un maillot. Mais rien ne presse : je suis surtout venue te donner un coup de main pour les préparatifs du mariage.

Elles continuèrent à bavarder tranquillement, tout en profitant du paysage. Ils longèrent l'ancienne Route des Rois, jadis interdite au petit peuple polynésien et sur laquelle les nobles se déplaçaient en litières, leurs pieds étant trop sacrés pour toucher le sol.

Les Marstead habitaient une banlieue verte de Lihue, la ville principale ; leur maison était perchée sur une falaise qui dominait le fleuve

Wailua. Dans le lointain, on voyait la ligne sombre de l'océan rejoindre celle du ciel, plus claire.

M. et Mme Marstead, que Jennifer connaissait pour les avoir rencontrés lors de visites à leur fille à l'université du Kansas, l'accueillirent à bras ouverts. Ils lui avaient préparé une jolie chambre au premier étage ; les fenêtres donnaient sur le fleuve qui coulait paisiblement entre deux rideaux d'arbres.

Jennifer prit place sans grand appétit à la table du dîner — le décalage horaire, ajouté à la fatigue du voyage, la désorientait un peu. Elle se régala cependant d'un succulent poisson grillé, du *mahimahi*, une des spécialités des îles. Mais quand son hôtesse, pleine d'attention, lui suggéra de se retirer, elle lui en fut reconnaissante et monta directement dans sa chambre.

Elle venait de prendre une douche et se préparait à se mettre au lit lorsqu'elle entendit frapper :

— Oui ?

— C'est moi, fit Lona en passant la tête dans l'entrebâillement de la porte. Tout va bien ? Je voulais te dire que tu peux faire la grasse matinée, demain.

— Oh ! d'ici là, je devrais me sentir d'attaque ! Dis-moi, Lona... qui est ce Jordan Kane ?

Avec un soupir résigné, Lona entra dans la chambre et referma la porte.

— Je savais bien que tu me poserais des questions à son sujet...

Jennifer eut un petit rire gêné. Soudain elle oublia sa fatigue.

— Tu avoueras qu'il m'a accueillie de

manière plutôt... déroutante, observa-t-elle pour se justifier. Qui est-ce ?

Son amie s'assit sur le lit et croisa les jambes.

— Il pilote pour le compte de Rasmussen Flights : il promène des touristes en hélicoptère et leur fait visiter l'île. C'est un excellent pilote, paraît-il. Il vit ici depuis quelques mois seulement, mais chaque fois que se présente une urgence, un blessé à secourir dans un endroit impossible, c'est à lui qu'on fait appel.

— Pourtant tu n'as pas l'air de l'estimer beaucoup, remarqua Jennifer en brossant ses cheveux bruns.

Lona fit ostensiblement la moue.

— A vrai dire, je ne le trouve pas réellement antipathique... Il peut se montrer tout à fait charmant, drôle, amusant... D'ailleurs si je n'étais pas folle de Ron, j'aurais pu succomber à son charme : il est tellement sexy ! Mais comme j'aime Ron, j'ai suffisamment de lucidité pour voir Jordan sous son vrai jour.

— C'est-à-dire ?

— Un séducteur impénitent !

— Est-il à ce point... volage ?

— D'après ce que j'ai entendu dire, il ne s'embarrasse pas de relations durables. Bien sûr il n'est pas le seul à blâmer : Hawaï regorge de midinettes venues du continent s'offrir une petite aventure de passage. Comment lui jeter la pierre ? Il incarne leurs rêves les plus fous, il est là, bronzé, élancé, disponible, souriant à chacune comme si elle était unique...

Inexplicablement, Jennifer éprouva un douloureux pincement au cœur. Pour cacher sa déception, elle demanda d'un ton mordant :

— Comment s'y prend-il ? Il fait le pied de grue devant tous les avions en provenance du continent ?

— Oh non ! Il ne se donne même pas cette peine : les femmes sont attirées vers lui comme par un aimant, il n'a pas besoin de les chercher. Toutefois je ne pense pas qu'elles reçoivent toutes un accueil aussi... démonstratif que celui qu'il t'a réservé. D'ailleurs je suis un peu injuste — il lui arrive de rester quelque temps avec la même fille. Mais le plus souvent il semble s'en lasser très vite. Je crois qu'au fond il préfère une petite aventure avec des femmes qui passent ici une ou deux semaines de vacances. Ainsi il n'a pas à craindre de se laisser piéger.

— Et ton amie Liana, dont tu parlais dans la voiture ?

— Avec elle, ça a duré un peu plus longtemps que d'habitude. Elle travaillait ici. Malheureusement elle était très amoureuse, elle croyait même au mariage ! Elle est tombée de haut quand il lui a dit qu'il n'avait rien promis et que cette histoire de mariage était un pur produit de son imagination. Elle a fini par retourner sur le continent.

— C'est une triste histoire...

— Oui, mais je soupçonne Liana de s'être effectivement construit tout un scénario romantique. Jordan est beaucoup trop indépendant pour se laisser passer la corde au cou. Il aime sa liberté, ne supporte aucune attache. C'est un errant. Tu vois, Jenny, il faut vraiment se méfier de lui. Ne fais pas la bêtise de succomber à son sourire et à ses compliments. Tiens-le à distance, c'est un conseil.

31

— De toute façon je ne suis pas venue ici pour chercher l'âme sœur ! Je te rappelle qu'une fois rentrée j'épouse Matt Boynton.

Jennifer avait élevé le ton sans s'en rendre compte, sous l'emprise d'une soudaine culpabilité : depuis son arrivée elle n'avait pas accordé une seule pensée à son fiancé, captivée et obsédée par le sourire nonchalant de Jordan, l'éclat de ses yeux bleus, son baiser provocant qui lui laissait entrevoir...

— Oh oui ! Matt ! s'exclama Lona comme si son amie lui lançait une bouée de sauvetage. Avez-vous fixé la date du mariage ? Parle-moi de lui ! Tu te montres toujours si réservée, dans tes lettres. Moi je t'inonde de détails sur Ron et tout ce que je sais de Matt, c'est qu'il travaille dans les assurances et qu'il aime jouer au bowling !

Jenny se sentit obligée d'être plus loquace et elle entreprit de décrire le physique de son fiancé : taille moyenne, cheveux châtains, yeux bleus. Dans son for intérieur, elle ne put s'empêcher de songer à l'incroyable différence qui pouvait exister entre deux paires d'yeux bleus — le vocabulaire des couleurs n'était pas assez riche pour en décrire toutes les nuances. Les yeux de Jordan, par exemple... A ce stade de ses réflexions, elle se censura et enchaîna sur les succès professionnels de Matt, son goût pour le jeu d'échecs, le tennis et les romans policiers.

Lona allongée sur le lit, les pieds en l'air, la taquina, malicieuse.

— Mais tu ne me parles pas de ses talents amoureux !

— Voyons, ne sois pas ridicule, rétorqua Jen-

32

nifer en se brossant plus vigoureusement les cheveux.

— Ne me dis pas que tu mérites encore ton surnom de « Pucelle du Kansas » !

Lona l'avait affublée de ce sobriquet un rien ridicule à l'issue d'une discussion animée, dans leur chambre à l'université, alors que Jenny défendait ardemment la chasteté et la virginité avant le mariage. Son amie se prétendait beaucoup plus émancipée, bien qu'au fond elle nourrît également de solides principes. Mais elle aimait se faire l'avocat du diable.

— Et Ron, quel genre d'amant est-il ? riposta Jennifer avec une crudité voulue.

— Je n'en sais rien, reconnut de bonne grâce son amie. Cependant mon intuition féminine me dit que je ne serai pas déçue.

Le rire de Jennifer se transforma inopinément en un long bâillement. Cette conversation l'amusait, certes, mais elle ne tenait plus debout. Lona se leva et, l'air désolé :

— Je bavarde, je bavarde, et toi tu tombes de sommeil !

Mais la curiosité de Jenny fut la plus forte.

— Attends, je voulais te demander une dernière chose : Ron ne partage pas ton opinion sur Jordan, apparemment ?

Lona fronça son petit nez semé de taches de rousseur.

— Tu connais la solidarité masculine ! Ron voit seulement que Jordan est un pilote hors pair, qu'il est champion de surf, de deltaplane, etc... A nous, les filles, de nous tenir les coudes !

Elle ponctua cette déclaration de guerre d'un

hochement de tête énergique et tapota l'oreiller afin de lui redonner du volume.

— De toute façon, il y a peu de chances que je revoie ce héros, avança prudemment son amie.

— Oh si ! tu le reverras, hélas ! Il est le témoin de Ron à notre mariage — et vient dîner chez nous demain soir. Mes parents en sont fous : maman est en adoration devant lui et mon père admire ses prouesses athlétiques, son côté « macho » et aventurier. A mon avis, papa et Ron lui envient sa liberté. Tu connais les fantasmes des hommes !

Les deux amies se séparèrent sur un dernier éclat de rire. A peine la lumière éteinte, Jennifer s'enfonça dans le sommeil, épuisée par les émotions de la journée.

Après un agréable petit déjeuner composé de papayes fraîches et de café, au cours duquel Lona et Jenny évoquèrent leurs souvenirs de collège, les deux jeunes femmes se rendirent en ville pour faire du shopping.

Jennifer hésita plus d'une heure avant de choisir un maillot. Elle en essaya une dizaine, dont un maillot bleu une-pièce, tout bête, semblable à celui qu'elle avait délibérément laissé dans son placard à Vainville. Finalement elle opta pour un bikini framboise assez audacieux puisqu'il se réduisait à trois minuscules triangles reliés par de minces cordons. L'idée l'effleura que son choix avait sans doute été guidé par le souvenir de Jordan Kane la déshabillant du regard — mais elle s'en défendit avec toute la mauvaise foi dont elle était capable.

Il n'y avait du reste aucune raison qu'il la vît

jamais en maillot ; elle désirait simplement obtenir un bronzage aussi intégral que possible. Au dernier moment, elle se laissa également tenter par un paréo blanc parsemé de fleurs rouges, dont elle pourrait se draper à sa guise.

Après ces emplettes, elles rentrèrent déjeuner puis se rendirent à la plage, immense étendue de sable blond et tiède, presque déserte en cette saison. Se sachant fragile, Jennifer prit la précaution de s'enduire le corps de lotion protectrice avant de s'offrir aux rayons du soleil.

Bercée par le bruit du ressac, elle faillit s'assoupir. Elle éprouvait de nouveau la curieuse impression d'un retour aux sources. Parce qu'elle était née dans cette île enchanteresse, à cause de la familiarité des paysages dont elle s'était nourrie tout au long de son enfance à travers les guides touristiques ?

Ce soir-là, en prévision du dîner, elle décida d'étrenner son paréo, furieuse de constater qu'inconsciemment elle se demandait ce que penserait Jordan de sa tenue. Pour se punir elle noua le grand rectangle coloré sur sa nuque gracile, plutôt que de l'attacher sur sa poitrine, ce qui lui aurait découvert les épaules et la gorge.

Le cœur battant, elle sortit de sa chambre. Un vague brouhaha monta jusqu'à elle : les invités étaient arrivés. Alors qu'elle descendait l'escalier qui menait au salon, elle entrevit Jordan ; à moitié caché par une gigantesque plante exotique, il semblait plongé dans une conversation animée. Il avait fait un effort d'élégance et portait un pantalon anthracite avec une chemise gris perle. Rien de très original et pourtant il éclipsait tous les autres hommes par sa virilité et l'impression d'extraordinaire vitalité qui se dégageait de lui...

La jeune femme accepta le *chi-chi* que lui tendit son amie — un délicieux cocktail à base d'ananas — et serra contre elle le verre glacé comme s'il s'agissait d'un talisman destiné à la protéger de tous les dangers. Elle essaya cependant de se convaincre qu'elle n'avait rien à craindre de Jordan Kane. Il lui avait simplement adressé un hochement de tête et ne semblait pas lui prêter grande attention.

Autour d'un buffet composé de grillades, de brochettes et de savants plats chinois, Jennifer fit la connaissance des amis des Marstead, pour la plupart gais et ouverts, venus de tous les horizons. Elle découvrit aussi le *poi*, pâte légèrement violacée, d'un goût assez fade, confectionnée à partir de racines de taro. Généralement, même les touristes les moins difficiles dédaignaient cet aliment vulgaire apprécié des seuls autochtones. Mais, à sa grande surprise, la jeune femme s'en régala.

La soirée était déjà bien avancée quand un petit groupe d'invités se rassembla pour chanter et jouer de la guitare. Jennifer sortit dans le jardin. Le clair de lune baignait le fleuve de reflets argentés, le son lointain des poignantes mélodies hawaïennes se mêlait au parfum enivrant des fleurs. C'est une nuit faite pour l'amour, pensa-t-elle en déambulant rêveusement entre les buissons odorants.

— Cette soirée est-elle aussi belle que dans vos rêves ? La lune, les étoiles, la musique...

Elle fit volte-face en reconnaissant cette voix

déjà familière. Son cœur se mit à battre la chamade.

— Le fleuve est particulièrement beau la nuit, répondit-elle aussi sèchement qu'elle le put.

Il arborait un sourire ambigu qui adoucissait la dureté de ses traits anguleux. Un visage buriné par l'expérience, les expériences, songea-t-elle.

— J'ai toujours pensé qu'à deux on savoure mieux une nuit romanesque que dans la solitude.

— Vraiment ? Ce n'est pas mon avis, décréta-t-elle en lui tournant délibérément le dos.

— Vous ne devriez pas vous détourner de moi...

— Ah bon ? Alors comment vous faire comprendre que je préférerais être seule ?

— Vous me donnez seulement envie d'embrasser vos épaules nues, de goûter votre peau satinée...

Elle pivota sur ses talons, les yeux démesurément agrandis, et croisa les bras sur sa poitrine haletante.

— Mais bien sûr je n'oserais pas, dit-il en soupirant. Il suffirait que je m'approche de vous pour que Lona apparaisse, déguisée en Diane chasseresse, et me pousse dans le ravin.

Cette évocation fit sourire Jennifer malgré elle. Elle s'imaginait sans peine la scène, Lona déchaînant ses foudres pour protéger la vertu de son amie...

— Vous croyez-vous obligé de donner à toutes les nouvelles venues des émotions fortes ? persifla-t-elle. Peut-être êtes-vous employé par le syndicat d'initiative ?

— Non, il s'agit d'une initiative personnelle. Et je suis malheureusement trop demandé pour m'occuper de toutes les femmes à la ronde. Mais je fais de mon mieux. Ai-je réussi à vous procurer quelques frissons ?

— Vous vous flattez !

— Si j'ai échoué, donnez-moi une seconde chance.

Avant même de comprendre le sens de ses paroles, elle lut son intention dans son regard soudain assombri. Elle voulut alors lui échapper mais il l'enserra de ses bras musclés et la plaqua contre le garde-fou en bois qui clôturait le bord de la falaise. Ses mains remontèrent lentement vers les épaules à demi dénudées. Pétrifiée, elle ouvrit la bouche pour crier mais aucun son ne franchit ses lèvres. La scène se déroulait comme au ralenti, elle ne pouvait détacher les yeux des lèvres de Jordan s'approchant inexorablement des siennes. Encore trois centimètres, deux, quelques millimètres... Leurs souffles se mêlaient, elle se tendit vers lui, hypnotisée, et tout à coup il se mit à rire doucement.

Submergée de honte, elle comprit trop tard qu'il se moquait d'elle : elle venait d'implorer son baiser, de le supplier sans mot dire, alors qu'il l'écartait de lui en la maintenant par les épaules.

— Vous... vous êtes ignoble ! Méprisable !

— Dansons, voulez-vous...

Sans attendre de réponse il lui enlaça la taille et l'entraîna dans un lent tourbillon rythmé par les accords languides des guitares. Au début la jeune femme se raidit puis, s'avouant vaincue, abandonna toute résistance. Jordan se révéla un admirable danseur. Mais n'excellait-il pas en tout ? Cette infaillible maîtrise de soi la mettait en rage et pourtant... Elle finit par oublier sa rancune pour savourer cet instant irréel et magique.

Et lorsque les dernières notes de musique s'égrenèrent dans la nuit, il s'arrêta de danser mais ne desserra pas son étreinte.

— Je n'ai peut-être pas réussi à vous émouvoir, mais vous si, murmura-t-il à l'oreille de la jeune femme.

Les mains posées sur la cambrure de ses reins, il la serra plus étroitement encore contre lui. A travers l'étoffe légère de son paréo, elle sentit le ferme contour de ses muscles. Ses doigts remontèrent machinalement jusqu'à la nuque de Jordan.

— Combien de temps comptez-vous rester à Kauai ? demanda-t-il d'un ton curieusement pressant.

— Je ne sais pas. Jusqu'au mariage de Lona, peut-être davantage.

Cette question la ramena brutalement à la réalité.

— Mais dans l'immédiat je retourne au salon, décida-t-elle.

— Pourquoi ? Je ne vous ai pas encore embrassée, gente damoiselle, et déjà vous cherchez à vous enfuir comme si vous étiez poursuivie par un satyre !

— C'est un peu ça, d'ailleurs, lâchez-moi ! Je veux rentrer !

— Je vous fais peur ? Pardonnez-moi.

— Je n'ai pas peur ! protesta-t-elle en se débattant.

En voulant s'écarter de lui, elle ne fit que rapprocher ses hanches des siennes car il la maintenait solidement. Alors elle ne bougea plus et déclara froidement :

— Ecoutez, je suis fiancée et votre comportement est parfaitement déplacé.

A ces mots il recula d'un pas.

— Je vois. Dans ce cas, effectivement... Mais permettez-moi de vous donner un conseil : vous devriez enlever cette fleur de vos cheveux, sinon vous subirez les avances d'une horde d'admirateurs, induits comme moi en erreur.

— Que voulez-vous dire ?

— Vous ne connaissez pas le langage des fleurs ? Cet hibiscus au-dessus de votre oreille droite signifie que vous êtes libre. Vous devriez le porter à gauche. Laissez-moi faire.

Délicatement il plaça la corolle écarlate au-dessus de son oreille gauche avant de conclure :

— Si j'ai tenté ma chance, c'est entièrement votre faute.

Jennifer se mordit la lèvre.

— Je vous remercie de m'avoir expliqué cela. Maintenant si vous voulez bien m'excuser...

— Voyons, ce n'est pas parce que vous êtes fiancée que nous ne pouvons pas bavarder tranquillement tous les deux. Restez et parlez-moi de vous.

— Je n'en vois pas l'intérêt.

Il afficha une candeur de nouveau-né et lui montra la paume ouverte de ses mains.

— Je vous promets de ne pas vous effleurer ! J'irai même plus loin : si vous essayez de me toucher, je hurle ! Je me défendrai !

— Vraiment ?

Elle le dévisagea longuement puis, mue par une impulsion aussi soudaine qu'incompréhensible, elle glissa la main sur la nuque de Jordan et la caressa avec sensualité. Il renversa la tête en arrière, les doigts de la jeune femme emprisonnèrent ses cheveux fauve. Soudain il lui prit la main et la porta à ses lèvres.

— J'ai dit que je me défendrais... je n'ai pas dit que je serais vainqueur, murmura-t-il d'une voix rauque.

Aussitôt Jennifer retira sa main avec un petit rire curieusement altéré. Elle ne s'expliquait pas sa propre conduite. Une telle audace résultait-elle de l'atmosphère ensorcelante des îles, contre laquelle sa mère l'avait mise en garde ?

— Eh bien... fit-elle en reprenant son souffle, en fait je n'ai pas d'histoire, je ne vois pas ce que je pourrais vous raconter.

— Le sempiternel refrain ! s'exclama-t-il en souriant.

— Je suis sûre que vous avez entendu cette réplique mille fois, en effet ! Et vous, n'êtes-vous pas fatigué de poser toujours les mêmes questions, de tendre éternellement les mêmes pièges ?

— N'envenimons pas la conversation, voulez-vous ?

— Vous voulez tout savoir ? Alors voilà : je suis née ici, à Kauai.

— Vraiment ? fit-il avec un étonnement sincère.

Il s'accouda à la balustrade et parut dévisager la jeune femme d'une manière toute nouvelle.

— Ce détail m'exclut-il de la catégorie des

touristes naïves qui sont votre menu quotidien ? lança-t-elle d'un air de défi.

— Contrairement à ce qu'on a pu vous raconter, je n'exploite la crédulité de personne, bien que je ne prétende pas être un saint. Continuez.

Il avait parlé d'un ton grave, péremptoire. Elle n'osa le provoquer davantage. En quelques mots, elle relata son enfance d'Américaine toute simple, omettant toutefois de préciser les circonstances tragiques qui avaient entouré sa naissance.

— J'ai toujours été fascinée par Hawaï, conclut-elle. J'ai même remercié le ciel quand le hasard m'a fait rencontrer Lona à l'université. Je l'ai accaparée, harcelée de questions !

— Et que pensez-vous de vos îles, maintenant que vous êtes chez vous ? questionna-t-il gravement.

— J'ai l'impression de rentrer chez moi, dans mon pays.

Sans réfléchir elle s'étira voluptueusement, les bras tendus vers le ciel étoilé.

— C'est comme si j'appartenais à cette terre, ajouta-t-elle avec enthousiasme. J'ai même pris goût au *poi* !

— C'est un signe qui ne trompe pas...

L'accent de Jordan la ramena à la raison. Pas question d'instituer entre eux une sorte d'intimité ! Comment s'y était-il pris pour lui soutirer cette confession ? Pour redresser la situation elle s'empressa d'ajouter :

— Mais je n'ai pas l'intention de prendre racine : dans quelques semaines, je serai repartie.

— Vous savez, il existe une curieuse légende à

42

Hawaï. Une famille récemment établie dans une île avait fait construire une maison non loin des ruines d'un ancien sanctuaire, dont il ne restait que quelques pierres d'origine volcanique. Ils se sont servis de ces pierres pour border l'allée du jardin. Mais, depuis ce jour, leur sommeil fut troublé chaque nuit par un son étrange, une sorte de plainte. Les gémissements semblaient venir des vieilles pierres... Ils ont fini par les déterrer pour les remettre à l'emplacement des ruines, là où ils les avaient prises. Et dès lors les pierres cessèrent de gémir. Vous êtes peut-être comme elles, votre chant plaintif s'est tu depuis que vous êtes revenue ici.

Jennifer, très émue par ce récit, considéra elle aussi Jordan avec des yeux neufs. Quel homme était-il, au fond ? Derrière quel masque se dissimulait-il ? Celui du séducteur sûr de son charme ? De l'adolescent facétieux qui lui jouait des tours pendables et se moquait d'elle ? Celui de l'inconnu sensible et poétique qu'elle venait de découvrir ? Ou bien les nombreuses facettes de sa personnalité se combinaient-elles en un cocktail explosif et d'autant plus dangereux... ? Saisie d'un brusque vertige, elle se cramponna à la balustrade, ferma les yeux et s'efforça désespérément d'appeler à son secours l'image de Matt, de l'inébranlable Matt.

Chapitre trois

« Taille moyenne, cheveux châtains, yeux
bleus. » Rien à faire, le visage de son fiancé
demeurait flou dans son esprit. L'air du soir
parut soudain plus frais sur ses paupières closes.
Elle vacilla imperceptiblement.

— Jenny ? s'inquiéta Jordan en la retenant
d'une main ferme.

Elle ouvrit les yeux, surprise de s'entendre
appeler ainsi par un étranger. Mais à quoi bon
discuter ? De toute façon il n'en ferait qu'à sa
tête ! Enfin l'image de Matt surgit devant elle,
rassurante, réconfortante.

— C'est bien joli, votre histoire de pierres ;
mais je ne me sens pas concernée. Même si ce
pays m'envoûte, je retournerai bel et bien au
Kansas.

— Vers cet homme que vous comptez
épouser...

— Exactement.

Il lui prit la main gauche et caressa son doigt
nu, celui qui aujourd'hui porterait une bague de
fiançailles si elle avait cédé aux prières de Matt,
au lieu de refuser qu'il lui offre un diamant, sous
prétexte que ce n'était pas raisonnable.

— Si vous m'apparteniez, je ne vous laisserais

pas partir sans vous avoir marquée du sceau de ma possession.

Elle retira vivement sa main, mal à l'aise.

— Une femme n'est la propriété de personne !

Ignorant son indignation, il poursuivit :

— D'ailleurs si vous étiez à moi, je ne vous laisserais pas vous éloigner un instant. Surtout pour aller à Hawaï !

— Une relation solide peut très bien résister à quelques semaines de séparation, affirma-t-elle d'un ton docte. Et je ne vois pas ce qu'Hawaï a de particulier. Nous nous faisons mutuellement confiance, Matt et moi.

— Matt... Un nom solide, une valeur sûre.

— Il est sûr, solide et fiable. Sa maturité me rassure. Il gère son propre cabinet d'assurances.

— Je vois. En un mot il possède toutes les qualités de l'époux idéal. Mais vous n'avez jamais réalisé que vous étiez un peu trop indépendante pour ce brave Matt ? Sait-il vraiment à quoi il s'engage ?

— Nous nous connaissons depuis des années.

— De manière intime ?

— Je ne vous permets pas ! Vous êtes d'une indiscrétion révoltante !

Il riait, manifestement ravi de l'avoir bouleversée cette fois encore. Elle s'apprêtait à s'éclipser, lasse de ce petit jeu, lorsqu'elle surprit dans ses yeux une lueur de triomphe. Il prenait plaisir à provoquer en elle des réactions de gamine vexée et agressive.

— Puisque vous êtes si fort au petit jeu des questions indiscrètes, vous devez également savoir y répondre.

Appuyé contre la balustrade, il garda les bras croisés.

— Allez-y, que voulez-vous connaître de mes noirs secrets? Je n'ai pas grand-chose à raconter...

Elle ne releva ni son clin d'œil moqueur ni la petite pique à son endroit.

— Lona vous décrit comme un errant. L'êtes-vous?

— Je n'aime pas m'attacher, c'est vrai. Mais je ne suis pas pour autant un être irresponsable, ni un vagabond. Je soupçonne Lona de partialité à mon endroit.

Jennifer eut la délicieuse satisfaction de détecter sous son timbre égal une pointe d'agacement. Elle en conçut une certaine gaieté et décida de poursuivre cet interrogatoire, décidément amusant.

— J'ai ouï dire que vous aviez brutalement mis fin à votre liaison avec une de ses amies, Liana.

— Une liaison! s'exclama-t-il avec véhémence. Nous sommes sortis plusieurs fois ensemble, c'est tout; et sans m'en parler elle avait déjà pratiquement choisi sa robe de mariée! Les femmes échafaudent très vite un avenir romanesque dès qu'elles établissent une relation avec un homme. C'est peut-être d'ailleurs ce qui vous arrive avec Matt, ce qui expliquerait cette absence de bague de fiançailles. Vous tenez absolument à l'épouser et lui, le malheureux...

— C'est faux, je ne tiens pas absolument à l'épouser. Il a voulu m'offrir une bague mais j'ai...

46

Comprenant trop tard qu'elle était tombée dans un piège habilement tendu, elle s'interrompit et porta à ses lèvres une main frémissante. Jordan eut un sourire satisfait.

— C'est bien ce que je pensais. Vos projets de mariage sont encore... chancelants. Vous ne savez pas au juste ce que vous voulez.

— Nous nous égarons, vous ne pensez pas? riposta-t-elle, tout sang-froid récupéré. Ne croyez pas pouvoir vous dérober aussi facilement en m'attaquant, bille en tête! Nous parlions de vous! Depuis quand vivez-vous à Kauai?

— Cinq ou six mois.

— Et auparavant, où étiez-vous?

— J'ai travaillé quelque temps à Tahiti, comme pilote, pour le compte d'un Français qui possédait un avion privé.

— Et avant?

— L'Australie. Je transportais des vivres par avion pour desservir les ranches les plus isolés.

— Continuez.

— Vous n'allez tout de même pas me faire réciter tout mon curriculum vitae!

— Avant l'Australie, où étiez-vous?

— Je ne sais plus. Dans l'Oregon, sans doute. Transport de bois par hélicoptère. Ah non... Non, l'Oregon, c'était avant l'Alaska. Et il y a plus longtemps encore, j'étais le pilote personnel d'un obscur petit tyran africain. Quand j'ai compris à quel triste sire j'avais affaire, je me suis brouillé avec lui. Il l'a très mal pris.

Jennifer frissonna. Cet homme était un véritable aventurier. Que recherchait-il dans le danger, l'insécurité?

— Et si nous remontons encore le fil, où cela

nous conduit-il ? questionna-t-elle encore, à sa proie agrippée.

Il marqua une légère hésitation avant de répondre :

— Dans le Massachusetts. J'ai été élevé à Boston dans une famille très respectable, très conservatrice. L'itinéraire habituel : écoles privées, diplôme supérieur à Harvard...

Il parlait à présent d'une voix atone, presque clinique. Sortant d'une université prestigieuse, pourquoi n'avait-il pas choisi une carrière royale, une situation assise ? Il répondit à la question qu'elle n'osait formuler :

— J'étais en quelque sorte la brebis galeuse de la famille — ou le vilain petit canard, si vous voulez. Je préférais passer mon temps à faire de la moto ou du deltaplane au lieu de suivre le bon exemple de mon frère aîné.

— Vous n'êtes pas en très bons termes avec votre famille, je suppose ? hasarda-t-elle.

— Je n'ai pas dit cela.

Son ton était devenu glacial. Un rayon de lune vint jouer sur ses traits tendus, crispés. Jennifer sentit qu'il ne parlerait pas plus longtemps de sa famille. Elle risqua un autre sujet épineux.

— Avez-vous été marié ?

Contrairement à ce qu'elle attendait, il se détendit et sourit. Il ne voyait rien de tabou à ce propos !

— Vous ne laissez rien au hasard, à ce que je vois ! Eh bien non ! curieuse petite Jenny, je ne me suis jamais marié. Je n'ai même jamais envisagé cette éventualité. Vous auriez pu le deviner d'après mes savantes évaluations des femmes calculatrices et possessives...

48

— C'est vous qui parliez de possession, tout à l'heure, observa-t-elle judicieusement.

— Vous cherchez à me prendre à mon propre piège ? Vous savez très bien ce que je veux dire.

Après un silence gêné, Jennifer conclut :

— Bon, je crois que nous avons bouclé la question, notamment en ce qui concerne les femmes et le mariage.

— A titre d'information complémentaire, sachez que j'aime le bleu, la cuisine chinoise, les films drôles et le jazz. Quant au reste, j'avoue un certain penchant pour les belles femmes brunes aux yeux gris et lumineux dont la couleur change au gré de la lumière.

Elle ignora ce compliment, se rappelant soudain l'avertissement de Lona.

— Pourquoi ne tenez-vous pas en place ? questionna-t-elle en fronçant les sourcils. Que cherchez-vous ?

— Je ne cherche rien ! nia-t-il un peu brusquement. Je n'aime pas me fixer, voilà tout.

— Ni vous attacher à une seule femme.

Retrouvant son sourire narquois, il répondit :

— Contrairement à votre cher Matt, je n'ai pas le tempérament d'un rond-de-cuir.

Elle prit aussitôt la mouche et s'apprêtait à protester, mais sans crier gare Jordan la saisit dans ses bras et entreprit de couvrir sa gorge de baisers.

— Jenny, tu es là ? Oh... ! Jordan ! J'aurais dû m'en douter...

Lona fondit sur eux d'un pas martial tandis que Jordan, l'air faussement coupable, feignait de resserrer son nœud de cravate.

— Lona ! Que fais-tu ici, espèce d'espionne ?

demanda-t-il en affectant la contrariété et l'indignation de quelqu'un pris en flagrant délit.

— Je te préviens que si tu essaies de toucher à un seul des cheveux de Jenny...

— Voyons, calme-toi, Lona. J'étais sur le point de mettre mes vils desseins à exécution, je l'admets, mais tu es arrivée à temps pour arracher ton amie à un sort pire que la mort ! N'est-ce pas, Jenny ? Je n'ai pas eu le temps de vous faire subir les derniers outrages, ma chère, mais ce n'est que partie remise !

— Oh ! tu es vraiment impossible ! fulmina Lona quand elle comprit qu'il s'agissait d'une mise en scène. Allons, viens, Jenny. Ben Wagner, un ami de mon père, aimerait te dire deux mots avant de partir. Il est vice-président d'une banque à Lihue.

— Surveille bien cet inestimable trésor ! lança Jordan en les regardant s'éloigner. Sous ses airs inoffensifs, Ben Wagner est peut-être un loup-garou !

Le dénommé Ben Wagner s'avéra être un homme charmant d'une cinquantaine d'années, curieux de connaître les circonstances et les raisons de l'affiliation qui avait privé Jennifer de son emploi dans sa banque. Ils échangèrent quelques considérations générales sur la conjoncture économique puis, la soirée touchant à sa fin, les invités se retirèrent peu à peu. La jeune femme n'eut droit qu'à un salut désinvolte de la part de Jordan ; elle tenta de se persuader de son soulagement devant une telle indifférence...

Lona vint la retrouver dans sa chambre au moment où elle s'apprêtait à se mettre au lit.

— J'espère que tu ne m'en veux pas d'être intervenue tout à l'heure, dans le jardin, s'excusa son amie. Tu es si innocente et vulnérable que je ne supporte pas de...

— Tu sais, je suis assez grande pour me défendre toute seule! protesta gentiment Jennifer en s'asseyant en tailleur sur le lit. D'ailleurs la scène dont tu as été témoin n'était qu'un jeu. Dès qu'il t'a aperçue...

— Si je comprends bien, je me suis ridiculisée! Mais que faisiez-vous pendant tout ce temps, si Jordan ne te poursuivait pas de ses assiduités?

Jenny s'abstint de mentionner que Jordan ne s'était pas conduit exactement en enfant de chœur. Elle répondit d'un ton détaché :

— Oh! nous avons surtout discuté.

— Tiens! De quoi donc?

— De ma vie au Kansas, de Matt et moi, puis il m'a parlé de lui, des endroits où il travaillait avant de venir ici, de sa famille sur la côte est, avec laquelle il semble un peu brouillé... Tu étais au courant de sa vie passée?

— Non, pas du tout. C'est curieux, d'ordinaire Jordan reste assez secret sur sa vie personnelle.

— Il m'a dit être originaire de Boston et diplômé d'Harvard. Tu crois qu'il m'a menti?

— Sûrement pas, répondit Lona d'un air catégorique. Il ne s'embarrasse pas de mensonges, c'est une de ses rares qualités. S'il veut taire quelque chose, il se contente de rester évasif. Autant que je sache, il n'a jamais fait de confidences à personne. Comment as-tu réussi ce tour de force?

— Je... je ne sais pas. Je me suis peut-être

montrée trop curieuse ; pourtant il a répondu volontiers à mes questions — sauf en ce qui concernait sa famille. Il a seulement évoqué un vague frère aîné.

— Vraiment je n'en reviens pas ! Mais en fait il est évident qu'il a reçu une solide éducation et qu'il est assez cultivé. Il peut soutenir n'importe quelle conversation avec mon père... Et, malgré cela, je sais qu'il se plaît à fréquenter les déracinés qui vivent au nord de l'île sur la plage, dans des caravanes ou des camping-cars et qui passent leur journée à faire du surf. Il est décidément bizarre, je n'arrive pas à le situer.

— Tu as dit qu'il habitait une belle maison près de la plage, si je me souviens bien ?

— Oui. Si tu le revois, tâche d'en savoir davantage, cela m'intéresse. J'ai la vague intuition qu'il t'invitera chez lui sous un prétexte quelconque.

Troublée, Jenny se leva et s'assit devant la coiffeuse. Elle vit dans le miroir ses yeux gris briller d'un éclat particulier. Avec une application exagérée, elle entreprit d'ôter son vernis à ongles.

— Jordan sait que Matt et moi sommes plus ou moins fiancés, protesta-t-elle faiblement.

— Crois-tu qu'il s'arrête à de tels détails ? Il veut te séduire, Jenny. Ses confidences font sans doute partie de sa tactique : il a compris qu'avec toi son seul charme ne suffirait pas. Méfie-toi. Il rencontre moins de résistance d'habitude et je le soupçonne d'aimer les défis. Il est prêt à tout pour te conquérir.

— Ecoute, Lona, tu exagères. Il n'est peut-être pas aussi calculateur et machiavélique que tu

52

l'affirmes. Pourquoi le décris-tu sous un jour si sombre, alors que tu le connais à peine ?

— Ne me dis pas que tu as déjà succombé ! Tu parais le défendre...

— J'essaie simplement d'être objective. Je me méfie des préjugés et des jugements à l'emporte-pièce.

— Eh bien, dans ce cas précis, je te conseille de te montrer plus prudente. Je t'aurai prévenue. Je ne veux pas te voir souffrir, Jenny. Quelle catastrophe si tu t'amourachais de ce Roméo éculé...

— Ne sois pas ridicule, j'ai les pieds sur terre et je ne crois pas aux coups de foudre.

— Mmmm... Enfin ! Oh ! à propos, nous avons rendez-vous demain chez la couturière pour essayer ta robe. Je l'ai choisie parme, j'espère qu'elle te plaira. L'autre demoiselle d'honneur sera en jaune pâle et la petite fille chargée du bouquet portera du vert d'eau. Je voulais des teintes pastel qui s'harmonisent avec le petit jour.

Le mariage de Lona devait en effet se dérouler à l'aube, selon un rite polynésien très ancien. Le lieu de la cérémonie était la Grotte aux fougères, au bord du fleuve Wailua, l'une des merveilles de l'île. On ne pouvait y accéder que par bateau et dans la journée de grandes embarcations à fond plat déversaient toutes les demi-heures des flots de vacanciers roses et gras, leurs appareils photo en bandoulière. Pour éviter de troubler le déroulement de la cérémonie et préserver la beauté unique du site — une immense grotte entièrement tapissée de fougères — Lona et Ron avaient décidé de se marier au lever du jour, avant l'arrivée de la première navette. Ils s'envo-

leraient ensuite pour le Mexique, où ils passe-
raient leur lune de miel. La réception aurait lieu
chez les Marstead autour d'un petit déjeuner au
champagne. Cette idée originale amusait beaucoup Jennifer.

Le lendemain matin, Jennifer écrivit une longue lettre à Matt et à ses parents, veillant à ne
pas paraître trop enthousiaste dans la description qu'elle leur fit de Kauai, afin de ne pas
aviver les pressentiments de sa mère.

Dans l'après-midi Lona l'accompagna chez la
couturière japonaise qui procéda aux derniers
essayages ; celle-ci ayant travaillé à partir des
mensurations que la jeune femme lui avait
envoyées.

Les deux amies passèrent le reste de la journée
sur la plage. Jennifer levait la tête à chaque
hélicoptère survolant la mer ou se dirigeant vers
l'intérieur des terres. Jordan se trouvait peut-
être aux commandes, là-haut... Cependant elle
s'abstint d'en parler à Lona.

Le jour suivant se déroula sans incident notable. Ce fut le surlendemain, en début d'après-
midi, que la jeune femme reçut un coup de
téléphone inattendu. Lona venait de sortir en
compagnie de Ron lorsque Mme Marstead prit
une communication et, souriante, appela son
invitée.

— C'est pour vous.

Jenny s'attendait à entendre la voix de sa
mère, ou celle de Matt ; or c'était le timbre un
peu rauque de Jordan...

— Un client vient de se décommander à la
dernière minute pour le vol de trois heures et

demie. Je me demandais si vous aimeriez profiter de l'occasion. Les conditions météo sont excellentes et la visibilité parfaite. C'est un jour idéal pour survoler les montagnes.

Le cœur bondissant elle hésita, à la fois tentée et pourtant sur ses gardes.

— Je ne suis jamais montée en hélicoptère et il m'arrive d'avoir le mal de l'air en avion...

— Vous verrez, c'est très confortable.

Elle réfléchit rapidement. Après tout que risquait-elle ? Jordan assurerait son service et n'aurait guère de temps à lui consacrer. D'ailleurs la présence des autres passagers empêcherait tout tête-à-tête.

— Je viendrais volontiers, mais je ne sais comment me rendre à l'aérodrome. Lona s'est absentée et...

Mme Marstead lui tapota légèrement l'épaule.

— Je peux vous emmener. Et ne vous inquiétez pas, Jordan est le meilleur pilote que je connaisse.

— Ah... Mme Marstead se propose gentiment de me conduire.

— Parfait. Alors à tout de suite.

Quand la jeune fille eut raccroché, Mme Marstead s'excusa d'être intervenue dans la conversation.

— Vous avez bien fait, au contraire. C'est très gentil à vous de m'accompagner.

La jeune femme consulta sa montre. Trois heures cinq. Pas le temps de se changer ! Aussi garda-t-elle son short blanc et son tee-shirt rouge.

Un quart d'heure plus tard, la mère de Lona la déposait. Elles se dirigèrent ensemble vers l'aire d'envol et trouvèrent Jordan entouré de trois jolies filles aux regards énamourés. Jenny supposa que le gracieux trio serait du voyage.

Le pilote abandonna ses admiratrices pour venir à la rencontre des deux femmes.

— Bonjour. Je suis heureux que vous ayez pu venir, lança-t-il d'un ton cordial mais impersonnel.

— A quelle heure dois-je revenir prendre Jennifer ? s'enquit Mme Marstead.

— Inutile de vous déranger, je la ramènerai.

— Très bien. Bon après-midi !

— Au revoir !

Jenny ravala une faible protestation et regarda s'éloigner son ange gardien. Lona n'apprécierait certainement pas la désinvolture de sa mère ! Mais il était trop tard pour prévoir d'autres arrangements.

— Vous êtes prête ? Nous allons prendre l'hélicoptère bleu et blanc, là-bas. Venez.

Il adressa un signe de main amical aux jeunes filles qui n'avaient cessé une seconde de le dévorer des yeux. Elles lui rendirent son salut.

— Elles ne viennent pas ? s'étonna Jennifer.

— Non, elles faisaient partie de la précédente fournée.

— Mais où sont les autres passagers ?

— Oh ! je ne vous ai pas dit ? lança négligemment Jordan en la guidant vers l'avant de l'appareil.

Excepté le siège du pilote, l'hélicoptère contenait quatre places : une à l'avant, trois à l'arrière.

— Le client qui s'est décommandé est une grosse entreprise de la région. Il avait réservé pour quatre personnes — des gérants de succursales venus rendre leur rapport à la maison mère. Comme mon patron ne rembourse pas les réservations, autant en faire profiter quelqu'un !

— Mais alors...

— Eh oui ! Il n'y a que vous et moi !

Chapitre quatre

Alors qu'elle s'apprêtait à monter dans l'appareil, Jennifer recula d'un bond et se heurta contre Jordan.

— Vous avez changé d'avis? demanda-t-il avec un sourire ironique.

Il ne lui avait pas menti mais s'était bien gardé de préciser qu'ils seraient seuls à bord. Lui en voulait-elle vraiment, au fond, de cette petite ruse? Après tout, elle n'était pas mécontente qu'il se fût arrangé pour n'emmener qu'elle dans cette excursion.

Du reste que craindre de lui? Une fois installé aux commandes, Jordan serait neutralisé.

— Non, je viens, décida-t-elle en grimpant à bord de l'appareil.

Tandis qu'elle attachait sa ceinture il contourna l'hélicoptère et prit place sur le siège du pilote. Le moteur vrombit, les pales se mirent à tournoyer comme les ailes d'une gracieuse et gigantesque libellule, striant l'asphalte de raies d'ombre et de lumière.

Avant de décoller, Jordan montra à sa passagère comment mettre ses écouteurs. Lui-même se coiffa d'un casque à micro.

— Seul le pilote peut parler. Les passagers

n'ont qu'à écouter. Vous vous trouvez donc en position d'audience captive. Plus d'un mari m'envierait ce privilège.

En signe de défi, elle enleva ses écouteurs et laissa le casque pendre autour de son cou. Le bruit du moteur couvrait tout, rendant impossible le moindre échange. Jordan, sans se départir de son sourire malicieux, hocha la tête pour s'avouer vaincu; alors elle remit son casque.

— Vous êtes décidément une vraie rebelle, lui dit-il dans le micro.

L'intimité caressante du son de sa voix électronique, le fait qu'elle ne pût lui répondre créaient entre eux une distance artificielle et glacée. En même temps Jennifer se sentait infiniment troublée par la simple proximité physique de son compagnon...

Il manipula différents leviers et l'hélicoptère s'éleva avec une surprenante légèreté. A travers la bulle en plexiglass, la jeune femme vit rétrécir les bâtiments de l'aérodrome.

Ils survolèrent d'abord des champs de canne à sucre creusés de profonds ravins, puis la baie de Nawiliwili. L'écume blanche frangeait de son délicat paraphe l'immensité bleu-vert de l'océan Pacifique.

Ensuite ils piquèrent vers l'intérieur de l'île. Jordan désigna du doigt le bassin des Menehunes, dont Jennifer avait lu la légende : un plan d'eau artificiel cerné d'un long mur de deux cent cinquante mètres de long sur deux de large. Selon la tradition, ce bassin avait été construit en une seule nuit par la race légendaire des Menehunes. Les experts n'avaient émis aucune explication satisfaisante sur l'origine de ce curieux ouvrage dont ils ne purent jamais non plus dater exactement la construction.

L'appareil fonçait maintenant droit vers un vertigineux pan de verdure en à-pic sur la vallée. Au dernier moment Jordan tira les commandes à lui, l'hélicoptère prit de l'altitude et franchit l'impressionnant obstacle.

Au-delà de cette barrière naturelle se perdait toute trace de civilisation : plus de routes, plus d'habitations, seulement un Eden à l'état sauvage, d'une incroyable beauté. Des canyons encaissés offraient à l'œil un chatoiement rouge et ocre, la chaîne des montagnes se profilait à l'infini, des cascades argentées jaillissaient des frondaisons.

Le célèbre canyon de Waimea constituait l'un des spectacles les plus impressionnants au monde. De cette faille béante qui entaillait la terre surgissaient d'étranges tourelles sculptées par des millénaires d'érosion, comme des flèches de cathédrale s'élançant vers le ciel en hommage à des dieux païens.

Jordan monologuait dans le micro et sa passagère ne perdait pas un mot de ses passionnantes explications. Elle s'étonna de découvrir chez lui une telle culture dans des domaines aussi divers que la géologie, la botanique, l'histoire des civilisations.

Un peu plus tard, il lui annonça qu'ils allaient se poser. Médusée, elle vit l'appareil piquer sur un plateau verdoyant dont l'épaisse végétation amortit leur atterrissage. Jordan laissa le moteur tourner, aida la jeune femme à descendre et l'entraîna à distance raisonnable afin qu'ils puissent se parler sans hurler. Jennifer ne put s'empêcher de se courber en deux bien qu'elle ne risquât pas d'être happée par les pales de la grande hélice.

— Alors, qu'en pensez-vous ? demanda son compagnon lorsqu'ils se furent éloignés.

— C'est magnifique ! Les mots sont trop pauvres pour décrire de telles merveilles...

Dans cet univers luxuriant, elle pensa irrésistiblement à Adam et Eve au premier jour de la création, seuls au monde dans ce paradis encore vierge.

— Je n'arrive pas à croire que l'on vous paye pour faire ce métier, ajouta-t-elle terriblement réaliste, soudain.

— Oui, j'ai beaucoup de chance d'avoir trouvé ce travail et je ne souhaite pas en changer pour l'instant.

— Jusqu'au jour où le virus de la fuite vous sollicitera de nouveau... Et vous repartirez en quête de ce que vous cherchez depuis tant d'années.

— Je vous ai déjà dit que je ne cher...

Jennifer l'interrompit en pointant un doigt vers l'azur.

— Regardez ! Quel est cet oiseau qui vole là-haut ? Il est énorme !

Les ailes déployées, royal, un gigantesque oiseau planait majestueusement dans le ciel, porté par d'invisibles courants aériens.

. — C'est un aigle doré, dit Jordan, avec un respect certain dans la voix. Il appartient à une espèce qui n'existe pas sur l'île à l'état naturel : il a dû être arraché au continent par quelque monstrueuse tempête.

— Vous voulez dire qu'il est seul ici de son espèce, exilé ?

— Oui, ce qui le rend d'ailleurs un peu maussade. J'ai appris à le connaître. Il déteste voir des hélicoptères envahir son territoire et il lui arrive parfois d'essayer de me chasser. Je le comprends...

— Comme c'est drôle ! C'est un mâle ?

— A vrai dire je l'ignore ! Mais il est condamné à la solitude, le pauvre : il est peu probable que les vents lui amènent une compagne ou un compagnon ! A sa place je deviendrais acariâtre, moi aussi.

Jordan, s'étant rapproché de la jeune femme pour observer le vol de l'aigle, lui passa un bras autour des épaules. Elle sentait contre elle la chaleur de son corps.

— J'en doute fort ! répliqua-t-elle en le voyant sourire. Vous êtes vous-même un aigle solitaire, non ?

— Qui vous dit que les aigles solitaires n'ont pas besoin d'amour, parfois ?

Quand l'oiseau eut disparu à l'horizon, il se tourna vers elle.

— Les touristes ont rarement le privilège d'apercevoir l'aigle doré. Vous devez être un peu fée, un peu sorcière, pour que Kauai vous témoigne une telle faveur.

— Ne soyez donc pas aussi naïf !

— Et vous si prosaïque ! Alors vous ne croyez pas non plus à la légende des Menehunes, ni à la complainte des pierres ?

— Et vous, y croyez-vous ?

Il se contenta de rire. Jordan était le genre d'homme à ne croire qu'en sa seule force, en sa

62

seule volonté, songea-t-elle rêveusement. Et s'il était destiné à une éternelle solitude, il l'avait choisie, en toute lucidité.

— Nous rentrons, maintenant ? questionna-t-elle pour rompre le silence.

— Non, pas encore, répondit-il en la serrant contre lui. Le voyage ne fait que commencer...

Elle se troubla en plongeant son regard dans ses yeux trop bleus.

— Mais l'heure tourne et...

— Auriez-vous peur de moi ?

Il la tenait d'une main par la taille tandis que l'autre remontait lentement vers sa poitrine palpitante, pour s'arrêter juste au-dessous de son sein.

— J'ai d'excellentes raisons de me méfier de vous !

— Je vous le concède. Je vais d'ailleurs confirmer vos pires craintes en vous serrant dans mes bras...

Il mit sa menace à exécution en la pressant étroitement contre lui. Elle pouvait à peine respirer.

— Puis en vous embrassant... ajouta-t-il d'une voix plus sourde.

Prisonnière de l'étau de ses bras, consciente de leur magnifique isolement, elle comprit qu'elle ne pouvait lui échapper. Ses lèvres s'entrouvrirent pour émettre une faible protestation mais furent aussitôt couvertes par celles, brûlantes, de Jordan.

Dans un ultime effort pour le repousser, elle lui agrippa les épaules, sans pouvoir toutefois contrôler la tendre exploration de ses doigts sur ses muscles fermes et lisses, sa nuque tendre.

Elle se sentit alors dépossédée de toute volonté. Pourtant un obscur recoin de son cerveau demeura lucide et refusa de s'abandonner totalement à cette étreinte passionnée. Jordan lui embrassait la commissure des lèvres, en suivait amoureusement le contour puis s'écartait légèrement pour mieux reprendre possession de sa bouche et faire naître le désir en elle.

Quand elle comprit le sens de cette manœuvre érotique, Jennifer se sentit plus forte. Elle serait la victime passive de ses assauts, à la rigueur consentante, mais pour rien au monde elle ne l'encouragerait à une exploration plus intime.

Avec un sourd gémissement de plaisir mêlé d'impatience, Jordan intensifia soudain son baiser comme pour lui arracher l'aveu d'un désir partagé. Elle ne céda pas malgré l'irrésistible élan qui la poussait à lui répondre, malgré l'affolement de ses sens et la fièvre inconnue qui montait en elle, telle une sève porteuse de vie.

Finalement il redressa la tête et la dévisagea avec colère. Il ne souriait plus.

— Bravo. Vous avez gagné, une fois de plus, murmura-t-il.

En contraignant sa propre sensualité, elle avait fait preuve de sang-froid alors que lui-même se laissait emporter par le torrent d'une passion qu'il ne pouvait endiguer... Oui, elle avait gagné. Curieusement, pourtant, elle n'en éprouvait aucun plaisir.

Elle s'efforça de respirer calmement. Inutile de se leurrer, il venait de se passer là, entre eux, quelque chose qui les dépassait. Elle rougit au souvenir du goût si proche encore de leur ardent baiser. Mais peut-être se trompait-elle ; Jordan n'était-il pas docteur en séduction ? D'un ton mordant, elle lui jeta :

— J'ai eu droit au programme de routine, je présume ? Je comprends maintenant que vous soyez un pilote très recherché !

Elle déchiffra dans son regard assombri une lueur d'étonnement et de colère. Cependant il se ressaisit aussitôt et riposta avec un sourire cynique :

— Vous avez tout de même eu droit à un traitement de faveur. Avec quatre passagères à bord, je suis bien obligé de diversifier ma technique.

— Oh ! je vous fais confiance pour honorer chacune en fonction de ses mérites !

— Maintenant si le programme quatre étoiles vous intéresse, le « Jordan Kane Spécial », je suis à votre disposition. Bien sûr cela dure un peu plus longtemps : il faut aller couper le moteur de l'hélicoptère et prendre une couverture à l'arrière...

Il plaisantait, de toute évidence, mais elle refusa de jouer le jeu. Le connaissant, il était capable de relever le défi.

— Je crois que je me contenterai du programme une étoile, merci. Nous partons ?

— Comme vous voulez.

Quelques instants plus tard, ils s'élevaient de nouveau pour gagner directement l'aérodrome, après avoir survolé des paysages grandioses.

Dès qu'ils eurent quitté l'appareil, Jordan pria Jennifer de l'attendre dans sa voiture pendant qu'il réglait quelques détails dans le bureau de l'agence. Cet intermède permit à la jeune femme de rassembler ses esprits. Somme toute, elle n'était pas mécontente de son après-midi : elle avait l'impression d'avoir traversé le temps, survolé l'aube des hommes ; la beauté de cette excursion imprévue resterait à jamais gravée dans sa mémoire. Hormis, naturellement, le petit incident sur le vert plateau, dont seules les cimes des montagnes avaient été témoins...

Jordan la rejoignit une demi-heure plus tard.

— Excusez-moi d'avoir été si long. Mon patron était furieux de nous voir rentrer aussi tard : le tour de l'île ne dure habituellement qu'une heure et demie. Si toutes les passagères étaient aussi séduisantes que vous, je me retrouverais vite au chômage !

Son ton léger démentait le sérieux d'une pareille éventualité. Il ajouta avec entrain :

— Je meurs de faim, pas vous ? Où aimeriez-vous dîner ?

— Je ne me rappelle pas avoir prévu de dîner avec vous. D'ailleurs les Marstead doivent m'attendre.

— Il suffit de leur téléphoner et de leur dire que je vous retiens pour la soirée.

— Non, franchement... J'aime mieux pas. Et puis je ne peux pas aller dîner dehors dans cette tenue.

Il détailla sans la moindre gêne ses longues jambes nues et fuselées.

— Dans ce cas nous pouvons dîner chez moi. D'accord ?

Sans attendre de réponse, il démarra et la voiture quitta le parking de l'aéroport. Jennifer se vit mentalement emportée par une vague géante, roulée au fond des eaux... pour être rejetée sur quel rivage inconnu ? Tentant de juguler la panique qui l'envahissait, elle insista maladroitement :

— Vraiment, je vous assure que je dois rentrer parce que...

— Parce que vous êtes terrifiée à l'idée de vous retrouver seule avec moi, acheva-t-il à sa place.

— Vous êtes ridicule. Je vous ai cent fois répété que vous ne me faites pas peur ! Vous ne commettriez pas l'erreur de solliciter les faveurs d'une femme... non consentante.

— Vous craignez sans doute de découvrir que vous êtes plus accessible que vous ne le croyez. Suis-je loin de la vérité ?

— A mille lieues ! Je ne suis pas de ces nymphettes en quête d'une idylle express ! Je vais bientôt me marier et...

— Est-ce moi que vous essayez de convaincre ? Ou vous-même ?

Il freina devant une intersection et la dévisagea avec curiosité. Jennifer n'osa répondre. Depuis son arrivée à Kauai, elle avait fâcheusement tendance à oublier la proche échéance de son mariage. Quant au pauvre Matt, il était pratiquement absent de ses pensées... sauf lorsqu'elle éprouvait le besoin de se protéger derrière la réalité de son existence, en dépit de l'éloignement géographique.

— Je vois où vous voulez en venir, riposta-t-elle après quelques secondes de réflexion. Vous me présentez cette invitation à dîner comme un défi. Si je me dérobe, je serai forcée de reconnaître que vous m'inspirez de la crainte. C'est cela ?

— Vous lisez en moi à livre ouvert, admit-il en la gratifiant d'un sourire désarmant, étincelant.

Comme elle ne disait mot, il ajouta :

— Ecoutez, Jenny, je ne suis pas un grand méchant loup qui essaie de vous attirer dans son repaire...

— Bien sûr, seul le petit chaperon rouge est coupable, avec ses airs provocants d'odalisque ! Et le pauvre loup est en réalité un tendre incompris... Donc vous ne méritez pas votre réputation de bourreau des cœurs, vous êtes un jeune homme timide, honnête et sincère qui ne demande qu'une miette d'amitié et de compréhension aux femmes qu'il rencontre.

— C'est à peine moins caricatural que vous ne pensez...

Il arborait un air morose qui ne lui ressemblait guère. Avait-elle tort de l'accuser de tous les maux, de le soupçonner des pires machinations ? Dans le doute, elle se tut mais demeura sur ses gardes.

Ils approchaient maintenant de la route qui conduisait chez les Marstead. Jordan ralentit.

— Il est temps de vous décider, fit-il avec une parfaite indifférence.

Regrettait-il sa proposition ?

— Très bien, je relève le défi, répondit-elle d'un air hautain. Je dîne avec vous afin de vous prouver que vous ne m'impressionnez pas.

— Il se peut que j'essaie de vous séduire...

— Je me sens tout à fait de force à repousser vos avances.

Au moment où la voiture s'engageait sur la route qui menait à la plage, Jennifer eut le bref pressentiment de se trouver à un carrefour décisif de sa vie et d'avoir fait le mauvais choix. Jordan collectionnait les conquêtes et ne lui avait rien caché de ses intentions. Pourquoi jouer ainsi avec le feu ? Le dangereux chemin qu'elle venait de prendre risquait de la mener à de douloureux lendemains.

Au bout d'une longue allée bordée de cocotiers élancés se dressait la maison de Jordan, surplombant la mer. L'architecture en était particulièrement remarquable : une audacieuse structure de bois de cèdre et de baies vitrées dont la forme évoquait un navire, la proue fièrement dressée au-dessus des vagues. Un grand jardin planté d'arbres préservait ses occupants des regards indiscrets. Devant l'un des murs de verre se tordait un figuier centenaire dont les racines aériennes s'élançaient à l'assaut du ciel.

— C'est superbe ! s'exclama spontanément la jeune femme.

Les questions insidieuses de Lona lui revinrent subitement en mémoire.

— Cette maison vous appartient ?

— Non. Son propriétaire l'a mise en vente mais je la loue en attendant.

Explication on ne peut plus logique : le loyer ne devait guère être très élevé en raison de l'imminence de la vente et Jordan se souciait peu de se retrouver à la rue du jour au lendemain. En tout cas il faisait preuve d'un goût raffiné pour l'architecture ; sa demeure, fût-elle temporaire, en témoignait.

Il la conduisit directement à la cuisine, équipée des appareils domestiques les plus sophistiqués. Un rêve de ménagère ! C'était une pièce spacieuse et moderne, où il devait faire bon vivre. Une tasse de café traînait sur un coin de table.

Jordan ouvrit le réfrigérateur et en inspecta rapidement le contenu, sous l'œil amusé de son invitée : un litre de lait entamé, un tube de mayonnaise, deux ou trois fruits et quelques légumes. Jenny aperçut également dans la porte deux bouteilles de champagne. Du Dom Pérignon. Voilà qui correspondait davantage à son standing de séducteur !

— Je vais aller faire quelques courses, déclara-t-il. J'en ai pour quelques minutes. En m'attendant, vous pouvez faire le tour du propriétaire. Et n'oubliez pas d'appeler les Marstead !

Il lui indiqua un téléphone mural et sortit. Restée seule, Jennifer téléphona aux parents de son amie et fut soulagée lorsque M. Marstead accepta sans sourciller ses explications. Lona n'aurait certes pas vu les choses si ingénument !

Ensuite, ainsi que Jordan l'y avait invitée, elle explora la maison. La pièce la plus spectaculaire était le living, avec ses deux grandes baies vitrées formant un angle aigu, comme une proue pointée vers la mer, et son plafond dont la charpente apparente évoquait une nef de cathédrale. Il y avait également trois chambres inoccupées, une salle à manger avec barbecue près de la cheminée et une salle de billard.

Un escalier menait à l'unique pièce du premier étage, curieusement surélevée par rapport à l'ensemble, telle la timonerie sur le gaillard d'avant d'un navire. La chambre de Jordan.

Un large lit trônait en son centre, recouvert d'un tissu bordeaux. A sa grande surprise, la jeune femme découvrit sur la table de nuit un livre laissé ouvert. Tiens, elle ne s'imaginait pas Jordan lisant au lit...

Un bruit de moteur dans l'allée lui fit redescendre les marches quatre à quatre. Quand le pilote entra dans la cuisine, il la trouva en train de jouer innocemment avec un mobile de coquillages accroché devant la fenêtre.

— J'espère que vous aimez les côtes de bœuf grillées. C'est tout ce que j'ai pu trouver.

— J'adore la viande rouge ! On dit qu'elle renforce la volonté et la détermination !

— C'est bien ma chance...

Il mit quelques pommes de terre dans le four à micro-ondes, prépara une salade en un clin d'œil puis fit griller la viande. Avant de passer à table, il ouvrit une bouteille de champagne et tendit une flûte à la jeune femme.

— Voilà qui mettra votre volonté à l'épreuve, chère amie.

C'était absurde, mais Jennifer songea en cet instant que si le champagne était bleu, il aurait exactement la couleur des yeux pétillants de Jordan.

Chapitre cinq

Au cours du dîner ils devisèrent agréablement, sans la moindre tension. Mais quand, à la nuit tombée, ils passèrent au salon, Jennifer sentit s'éveiller son appréhension.

— Ne soyez pas si nerveuse, dit Jordan. Je ne vais pas vous jeter sur mon épaule pour vous entraîner de force dans ma chambre. J'emploie des tactiques plus subtiles. Selon vos propres termes je suis un séducteur, et non une brute préhistorique.

— Je devrais m'en aller...

— Vous trichez ! N'aviez-vous pas le projet de tester votre farouche détermination face à l'inefficacité de mes manœuvres ?

— Que suggérez-vous pour me mettre à l'épreuve ? demanda Jennifer.

— Que diriez-vous d'une promenade sur la plage ?

Après quelques secondes d'hésitation, elle accepta, la proposition lui semblant assez inoffensive. Ils sortirent par la terrasse et descendirent le court sentier qui menait en pente abrupte à la plage. Les vagues aux crêtes argentées venaient mourir doucement sur la grève et une brise fraîchissante soufflait du large. Jennifer frissonna.

— Vous avez froid ? murmura son compagnon.

Il lui entoura les épaules de son bras protecteur ; elle voulut protester mais y renonça, tant la chaleur de son corps lui faisait du bien. Leurs hanches se frôlaient tandis qu'ils marchaient lentement le long de la grève.

— Alors, Lona se prépare pour le grand jour ? demanda Jordan.

— Oui, elle a réglé elle-même les derniers détails de la cérémonie de dimanche. Elle donne une petite réception préliminaire vendredi soir, vous êtes au courant ?

— Ron m'en a parlé, oui. Heureusement, sinon Lona aurait été capable d' « oublier » de me prévenir.

— Oh ! elle vous aime bien... à sa manière. Mais elle est très mère poule avec ses amies. Gare à qui les menace !

— C'est tout à son honneur... Asseyons-nous sur ce tronc d'arbre, là-bas, et vous pourrez m'extorquer encore quelques confidences.

Devant l'expression médusée de la jeune femme, il ajouta avec un sourire :

— N'est-ce pas ce que conseillent tous les magazines féminins aux esseulées en quête d'un mari ? Pousser l'objet convoité à parler de lui ? Je suis bien placé pour le savoir : j'ai souvent fait les frais de cette technique !

Elle ne sut si elle devait se montrer indignée ou éclater de rire.

— Vous savez, je ne dévore pas ce genre d'articles. Et vous semblez oublier que je ne pratique pas la chasse au mari, puisque je suis fiancée.

— Ah ! c'est vrai. J'oublie toujours ce détail — ou j'essaie de l'oublier. Mais que cela ne nous empêche pas de nous asseoir un moment : vous me parlerez de vous.

Elle se laissa conduire jusqu'à un tronc d'arbre blanchi par les flots, qui leur servit de dossier. Le jeune homme entra immédiatement dans le vif du sujet.

— L'autre soir, vous ne m'avez rien dit de votre vie entre votre naissance à Kauai et le début de votre relation avec Matt...

Jennifer trouvait son passé plutôt terne comparé aux nombreuses pérégrinations du pilote ; pourtant il parut l'écouter avec intérêt lorsqu'elle lui raconta son enfance, son adolescence et ses deux années d'université.

— Pourquoi avez-vous interrompu vos études ? Pour des raisons matérielles, ou à cause de Matt ?

— Ni l'un ni l'autre. J'avais pris un « job » pendant les vacances dans une banque et je me suis aperçue que travailler réellement me stimulait davantage que mes cours à la fac. Et vous, pourquoi n'avez-vous pas mis à profit vos diplômes universitaires ?

— Ils m'ont beaucoup servi, même si...

Il s'interrompit et éclata de rire :

— Bravo, très habile ! Mine de rien vous avez presque réussi à me faire parler de moi !

— Il faudrait vous décider ! Un jour vous me considérez comme une niaise petite provinciale, la fois suivante vous m'accusez d'être une mante religieuse !

74

Furieuse et lassée de devoir sans cesse se défendre, elle voulut se lever. Mais il lui attrapa la cheville, elle tomba sur le sable et il roula sur elle. Haletante, elle se débattit frénétiquement.

— Laissez-moi partir !

— Non.

La sombre détermination qu'elle perçut dans sa voix la paralysa. Elle était allongée sous lui, immobile, les yeux agrandis de frayeur. Une décharge électrique parcourut son corps échauffé par la lutte. Elle rassembla toute sa volonté pour ignorer la volupté qui l'envahissait peu à peu.

— Que faites-vous ? interrogea-t-elle d'un ton sec.

Il rit doucement.

— Adorable Jenny ! Vous le savez très bien. Je vais vous prendre un baiser. Et à la façon dont nous nous sommes embrassés cet après-midi, je ne vous crois plus si ingénue que vous en avez l'air.

Mais je le suis ! pensa-t-elle dans l'affolement le plus complet. Leur baiser de tout à l'heure n'était qu'un accident, un hommage rendu à la sauvage splendeur de la nature...

— Non, je ne veux pas ! cria-t-elle.

— Ah bon ? Vous ne voulez vraiment pas ? murmura-t-il d'une voix de velours. Vous n'avez jamais eu envie d'être embrassée sur une plage, au clair de lune ?

En proie à une exquise souffrance, elle ferma les yeux. Oui, elle avait rêvé, adolescente, de transports passionnés dans les bras d'un amant tendre et fort, qui saurait la mener à l'extase... Mais c'était avant de connaître Matt !

Lentement, Jordan fit glisser l'encolure de son tee-shirt sur son épaule satinée qu'il couvrit de baisers avant de descendre vers sa gorge. Il dénuda l'autre épaule, embrasant sa chair de la caresse brûlante de ses lèvres.

— J'ai exploré bien des territoires vierges, mais aucun plaisir ne se compare à celui que me donne la découverte de votre corps, chuchota-t-il à son oreille.

Il embrassait maintenant la naissance de ses seins pointés sous le tee-shirt. Emportée par son désir, elle aurait voulu qu'il découvrît complètement sa poitrine pour couvrir de sa bouche ses mamelons nacrés — tout en redoutant ce moment. Mais soudain les lèvres de Jordan remontèrent vers sa bouche qu'il dévora avec délices. Toute à son ardeur fiévreuse, elle répondit passionnément à son baiser, oubliant sa pudeur et ses velléités de résistance.

Finalement il se redressa légèrement pour mieux la dévisager ; haletant, tout frémissant encore, il lui dit, entre deux souffles :

— Jenny... je n'arrive pas à te définir... Tu es à la fois douce et cruelle, innocente et provocante. Tu me donnes envie de te tenir dans mes bras, de te protéger et de t'aimer. Et en même temps, j'ai terriblement envie de t'arracher tes vêtements...

Il avait roulé à côté d'elle, le long de son corps offert, et il glissa une main sous son tee-shirt pour lui caresser doucement les seins. Elle s'abandonna un instant au plaisir de sa main sur sa propre chair, mais retrouva soudain le sens des réalités. Quel mystérieux déclic venait de se produire dans son esprit embrasé de désir ? L'impétuosité de sa propre réaction lui apparut clairement. Comment avait-elle pu s'abandonner à une telle ivresse sensuelle, au mépris de toute prudence?

— Lona avait raison de me mettre en garde contre vous, laissa-t-elle tomber, glaciale.

— Jenny, je n'avais pas l'intention de...

— Vraiment? railla-t-elle en se levant brusquement.

Un rideau de cheveux noirs lui masquait les yeux; son épaule était dénudée et sa poitrine se soulevait à un rythme saccadé.

L'espace d'un éclair elle entrevit dans les yeux de Jordan une expression de douleur, de surprise, qu'elle ne sut interpréter. Elle crut qu'il allait s'excuser, mais aussitôt son visage se durcit et redevint cynique.

— Eh bien oui! j'ai essayé de vous faire l'amour. A quoi vous attendiez-vous? Vous étiez prévenue! Vous ne pensiez tout de même pas que j'allais vous courtiser en vous tenant par la main et vous réciter des poèmes?

Les larmes aux yeux, elle se détourna et rajusta maladroitement ses vêtements. Lorsqu'elle osa de nouveau le regarder, il se tenait debout les bras croisés, comme s'il avait hâte d'en finir maintenant que ses plans avaient échoué.

— Et vous, à quoi vous attendiez-vous? riposta-t-elle rageusement. Vous saviez que je me refuserais à vous!

— Dans ce cas, nous sommes quittes, conclut-il avec amertume.

Dans la voiture qui la ramenait chez les Marstead, elle regretta de ne pas disposer de son propre véhicule: il lui fut très humiliant de se faire conduire par Jordan, qui ne desserra pas les dents de tout le trajet.

Au moment de descendre, elle lui dit d'un ton distant :

— Merci pour la promenade en hélicoptère.

L'idée l'effleura tout à coup qu'il avait inventé de toutes pièces cette histoire d'annulation, aussi ajouta-t-elle, afin de ne rien lui devoir :

— Je vous enverrai un chèque.

— Je vous ai dit que c'était déjà réglé ! répondit-il avec humeur.

Bien sûr, Jordan ne s'embarrassait pas de mensonges ! pensa-t-elle. Quand il avait dit vouloir la séduire ce soir, elle aurait dû deviner qu'il ne mentait pas. S'était-elle vraiment crue assez forte pour lui résister, ou bien une femme inconnue en elle aspirait-elle à... ?

— Bonsoir, fit-elle sèchement.

La lumière du porche était restée allumée mais la maison était plongée dans le silence. Bien qu'il ne fût pas très tard, elle supposa que les Marstead dormaient déjà. Mais, une fois dans sa chambre, elle trouva sur son oreiller un petit mot de Lona, griffonné à la hâte :

« Si tu trouves mon message, c'est que tu as pu échapper aux griffes de Jordan. Tant mieux. Nous allons à Princeville voir des amis, nous rentrerons sans doute assez tard. Bonne nuit et à demain matin. »

Quel soulagement de ne pas avoir à relater pour son amie les événements de sa désastreuse soirée ! Encore sous le choc de ses démêlés avec Jordan, un vertige la saisit rétrospectivement. Jusqu'ici, elle s'était toujours crue d'une inébranlable rigueur envers tout ce qui concernait

78

les relations sexuelles hors mariage. Mais peut-être était-ce parce qu'elle n'avait jamais rencontré l'homme capable d'éveiller le désir en elle ?

Si elle n'avait pas cédé à Jordan cette nuit-là, elle le devait sans doute aux mises en garde de Lona et à la franchise de son compagnon lui-même ; jamais il n'avait cherché à la tromper sur ses véritables intentions. Peut-être aussi, en fin de compte, sa fierté lui interdisait-elle de se donner à un homme l'espace d'une liaison éphémère — aussi séduisant soit-il.

Mais pourrait-elle résister longtemps à son dangereux pouvoir de séduction ? Et si elle commettait la tragique erreur de tomber amoureuse de lui... ?

Non, se rassura-t-elle, désormais il ne la harcèlerait plus de ses assiduités : un homme tel que lui ne se donnait pas la peine d'assiéger une femme en apparence inaccessible, quand il n'avait que l'embarras du choix. Quand ils se reverraient, au mariage de Lona, il ne montrerait certainement qu'indifférence à son égard.

Le lendemain, Jennifer donna à son amie une version expurgée de sa journée de la veille. Elle insista sur sa parfaite lucidité en ce qui concernait Jordan. Lona sembla soulagée, sinon convaincue, et lui épargna ses sempiternels conseils de prudence.

Le temps s'écoula sans incident notable. La jeune femme appréciait chaque jour davantage son séjour à Kauai et le Kansas lui paraissait décidément au bout du monde.

Vint le vendredi soir. Jennifer éprouvait une certaine anxiété à l'idée de revoir Jordan qu'elle serait même obligée de serrer de près, puisque l'on devait répéter le rôle de chacun à la cérémonie de mariage. L'inévitable tension qui les opposerait risquait de rejaillir sur les autres invités...

Mais, dès son arrivée, il se montra cordial et charmant envers tous, y compris Jennifer. Il séduisit la fillette de cinq ans chargée de porter le bouquet de la mariée, fit rougir Mme Marstead en la complimentant sur sa nouvelle coiffure.

A la fin de la soirée, Jennifer s'approcha de lui, un peu tremblante, afin de le remercier d'avoir fait preuve de tact.

— Jordan ? J'ai beaucoup apprécié que vous ayez rendu cette soirée aussi... agréable pour chacun.

Elle s'exprimait maladroitement, comme une enfant devant un adulte dont elle craint le jugement.

— Vous pensiez que j'allais vous faire une scène en public ? Ron et les Marstead sont mes amis, il aurait été parfaitement indélicat de les troubler en un pareil moment.

— Je pensais que vous me battriez froid... N'est-ce pas là votre réaction habituelle lorsqu'une femme a cessé de vous intéresser ?

— Oh ! j'ai tout à fait conscience de votre existence, Jenny Bentley, répondit-il doucement.

— Jordan ! Jennifer ! s'écria Ron en s'approchant d'eux. Nous avons décidé d'aller danser à la Coconut Plantation. Il paraît qu'ils ont engagé un nouvel orchestre. Vous venez ?

Jordan adressa à la jeune femme un sourire narquois et interrogateur.

— Si ma présence n'empêche pas notre beauté du Kansas de se joindre à la fête...

Encore son insupportable vanité ! Croyait-il qu'elle attachât une telle importance à sa présence ?

— Je serais ravie de vous accompagner, déclara-t-elle avec un sourire éclatant à l'adresse de Ron.

Cette prolongation inattendue d'une soirée qui avait déjà bien commencé se révéla très gaie. Les invités des Marstead formaient un petit groupe très uni auquel se joignirent d'autres amis rencontrés sur place. Un serveur rassembla pour eux plusieurs tables avant de leur apporter les cocktails.

Tous les hommes présents se disputèrent l'honneur d'inviter Jennifer. Jordan la fit danser deux fois mais ne lui accorda pas plus d'attention qu'à ses autres cavalières. Un certain Mike Renton, en revanche, s'intéressa beaucoup à elle. C'était un jeune homme au physique agréable qui occupait d'importantes fonctions dans l'une des compagnies sucrières de l'île. Après quelques danses, il voulut bavarder tranquillement et l'entraîna vers une table située un peu à l'écart des autres. Dans ce coin de la salle, l'éclairage tamisé invitait aux confidences.

Mais à peine étaient-ils assis depuis deux minutes que Jordan s'avança vers eux, le sourire candide.

— Bonjour, Mike !

— Jordan ! Content de te voir !

Les deux hommes se serrèrent la main et le jeune cadre émit quelques remarques générales sur la qualité de la musique, pensant que l'intrus allait s'éloigner. Mais Jordan prit une chaise et s'assit en face de Jennifer, bien décidé à s'incruster. Mike dissimula difficilement son agacement.

— Tu connais Jennifer, je suppose ? demanda-t-il un peu tardivement.

— Oh oui ! Elle a fait un petit tour d'hélicoptère avec moi l'autre jour. A propos, Jenny, si vous venez passer votre lune de miel à Kauai, je serai enchanté d'emmener votre futur époux en excursion.

Mike ne put cacher son étonnement.

— Vous êtes fiancée ?

— Jennifer ne vous a pas dit ? intervint Jordan. Elle s'apprête à épouser un assureur prospère dès son retour au Kansas.

— C'est vrai ? questionna Mike, une note d'incrédulité dans la voix.

— Oui, répondit la jeune femme d'un air embarrassé.

— Oh... pardonnez-moi, s'excusa platement Jordan. J'aurais peut-être dû tenir ma langue.

Elle le fusilla du regard. Mike Renton devait maintenant penser que, n'étant pas insensible à son charme, elle lui avait délibérément caché l'existence de son fiancé, dans l'espoir de vivre avec lui une aventure sans conséquence. Or Mike Renton était un homme de principes, contrairement à Jordan. Effectivement le jeune homme prit congé d'elle dès que l'orchestre attaqua une nouvelle danse, non sans lui avoir souhaité une agréable fin de séjour.

Le pilote le regarda s'éloigner avec une évidente satisfaction. Puis il se tourna vers sa compagne.

— Un peu rapide, comme sortie, commenta-t-il sans vergogne.

Elle serra fortement son verre entre ses mains tremblantes. Non, elle ne se mettrait pas en colère, elle ne lui ferait pas ce plaisir !

— Vous a-t-on appointé d'office pour protéger les pauvres jeunes gens de l'île des intrigantes venues du continent ? railla-t-elle.

— Disons que je me suis moi-même promu à cette noble fonction, répondit-il en souriant, faussement candide. J'ai pensé que Mike avait le droit de savoir.

— Quelle délicate attention ! Maintenant dites-moi ce qui vous a pris de vous précipiter à notre table et de me faire passer pour une parfaite idiote. S'agit-il d'une mesure de représailles pour me punir de ma non-coopération ?

— Et si j'avais agi ainsi dans mon propre intérêt, pour préserver mon territoire ?

— Je ne suis pas votre chasse gardée ! Je ne suis la propriété de personne ! Et si territoire il y a, ne croyez-vous pas que c'est plutôt celui de Matt ?

— Il vous tient les rênes un peu lâches, apparemment.

Elle chercha une réplique cinglante mais il la devança en lui prenant la main avec un sourire désarmant, de ceux dont il avait le secret.

— Venez danser...

— Sûrement pas !

Elle n'était pas près de lui pardonner l'humiliation qu'elle venait de subir.

— Très bien, capitula-t-il un peu trop rapidement. Alors nous allons rester là et je vais vous faire la cour. Je commencerai d'abord par embrasser votre douce main, puis je...

Jennifer décida de danser.

Elle se doutait qu'il voudrait sans doute la raccompagner dans sa voiture, aussi s'arrangea-t-elle pour monter tout de suite avec Lona et son fiancé. Le malheureux Ron aurait certainement préféré se trouver seul avec sa douce amie mais Jenny s'imposa avec détermination. C'était pour elle une question de survie, ou presque.

Le lendemain, samedi, alors que tous s'affairaient aux derniers préparatifs du mariage, Jennifer reçut un coup de fil inattendu de Ben Wagner, le banquier rencontré chez les Marstead peu après son arrivée.

Une employée de son agence, enceinte de quelques mois, devait brusquement prendre un congé pour raison médicale. Il lui proposait de la remplacer au pied levé, connaissant son expérience professionnelle, pendant toute la durée du congé-maternité.

Avant de raccrocher, Jennifer lui demanda un court délai de réflexion : elle n'avait que le week-end pour se décider car, en cas de réponse négative, M. Wagner chercherait quelqu'un d'autre...

Remise de sa première émotion, elle éprouva le besoin de consulter Lona et sa mère, partagée entre son désir de prolonger son séjour à Kauai et celui de ne pas alarmer ses parents. Et puis il y avait le « problème Jordan »... Etant donné les circonstances, ce serait pure folie d'accepter la proposition de Ben Wagner. Pourtant...

— C'est tout réfléchi, décréta Mme Marstead

avec son enthousiasme habituel. Nous serons enchantés de vous héberger le plus longtemps possible.

— Je ne peux pas vous imposer ma présence indéfiniment...

— Ne dites pas de bêtises. Lona nous quitte demain et vous nous aiderez à combler le vide de son départ.

— Tu pourras te servir de ma voiture pendant notre voyage de noces, intervint Lona. A notre retour, Ron t'aidera à trouver une bonne petite occasion que tu pourras revendre en partant.

C'était tellement facile, à les entendre ! songea la jeune femme, tentée au-delà du raisonnable. Elle se tourna vers Mme Marstead.

— Mais vous-même et votre mari avez prévu de partir bientôt en voyage ?

— Aucun problème, au contraire : vous garderez la maison en notre absence !

— Vous êtes tous si gentils ! Bien sûr je vous paierai une petite pension.

— Vous n'y pensez pas ! s'indigna Mme Marstead.

— Ah si ! J'insiste !

— Accepte, maman, dit Lona avec un soupir résigné que démentait son expression radieuse. Tu connais les sacro-saints principes de Jennifer.

— Alors tout est réglé ! conclut sa mère avec une évidente jubilation.

— Non, se défendit Jenny. Il faut que je réfléchisse.

Elle avait jusqu'à lundi pour se décider.

Chapitre six

Ce fut une parfaite aurore dominicale.

Le ciel nacré se teintait de couleurs délicates, transparentes, lumineuses : jonquille, lilas, rose orangé, qui s'embrasèrent peu à peu pour exploser en un superbe brasier d'or flamboyant.

Lona était radieuse dans sa magnifique robe en dentelle blanche, dont la traîne vaporeuse évoquait la texture d'une brume matinale. Quant à Jennifer, elle semblait aussi fragile qu'une orchidée dans sa robe en mousseline parme.

Quand tous furent montés à bord, le bateau festonné de guirlandes odorantes glissa sans bruit sur les eaux noires du fleuve. Un silence solennel, presque religieux, accompagna cet étrange embarquement pour Cythère. Le temps suspendit son vol.

Sur la longue pirogue, Jenny s'assit aux côtés de son amie et lui tint la main. Ron et Jordan avaient pris place en face d'elles. Lorsque l'embarcation s'immobilisa sur la rive, devant l'impressionnante caverne fermée d'un rideau de fougères arborescentes, parents et amis descendirent les premiers pour former une allée d'honneur au cortège. Le pasteur ouvrit la marche sur le sentier escarpé qui menait à la grotte, suivi des jeunes mariés, des demoiselles d'honneur — Jennifer et la petite fille au bouquet —, du témoin et des parents du couple. La musique de l'orchestre hawaïen les accompagna jusqu'à la grotte.

Le ministre du culte prononça les paroles fatidiques qui consacrent l'union d'un homme et d'une femme. Leurs vœux résonnèrent d'une sonorité particulière sous la voûte rocheuse et moussue.

Jenny ne put s'empêcher d'observer Jordan à la dérobée : lui aussi paraissait étrangement ému. Pourtant lorsqu'il surprit son regard, il esquissa un sourire cynique comme pour lui signifier que jamais il ne se trouverait dans la position de Ron.

Le voyage du retour fut beaucoup plus détendu que l'aller. L'orchestre jouait maintenant des airs entraînants, les rires fusaient de toute part. Dans cette ambiance joyeuse et un peu folle, le petit déjeuner au champagne, très attendu, connut un franc succès.

Vers le milieu de la matinée, Jennifer monta se rafraîchir avant d'accompagner les jeunes mariés à l'aérodrome. En sortant de sa chambre, elle bouscula Lona.

— S'il te plaît, aide-moi à enlever ma robe, implora son amie en arrachant nerveusement son voile.

Tout excitée à l'idée de sa lune de miel mexicaine, rendue folle de joie par le début de sa vie conjugale — et le champagne — elle ne savait où donner de la tête. Jenny l'aida à se déshabiller et à enfiler un ravissant tailleur corail. Puis les deux amies s'étreignirent tendrement, avec émotion.

— J'espère te trouver ici à mon retour, dit Lona en souriant à travers ses larmes.

— Nous verrons bien, répondit la jeune fille, le regard embué.

— Si tu demandais à Matt de venir te rejoindre pour une semaine ou deux ? Vous pourriez même vous marier à Kauai et je serais ta demoiselle d'honneur !

— Dis donc, si tu pensais un peu à toi au lieu de t'occuper de ma vie sentimentale ? Tu vas finir par rater l'avion !

Elles redescendirent dans un éclat de rire et tous les invités s'engouffrèrent dans les voitures pour accompagner les jeunes mariés à l'aérodrome. Lorsque ceux-ci furent à bord de l'appareil à destination de Mexico, la joyeuse procession se dispersa.

En regardant l'avion décoller, Jennifer se sentit soudain accablée d'une pesante, d'une infinie tristesse. La fête finie, elle se retrouvait seule face à son dilemme... Elle se mit à arpenter le hall en attendant les Marstead qui s'attardaient avec des amis. Quand Jordan l'aborda, elle ne put s'empêcher de sursauter. Il portait sa veste grise sur l'épaule et avait déboutonné le col de sa chemise blanche.

— Vous plaignez sans doute le pauvre Ron de s'être laissé passer la corde au cou ! lança-t-elle agressive.

Elle n'oubliait pas le sourire narquois dont il l'avait gratifiée pendant la cérémonie.

— Je n'ai rien contre l'institution du mariage en général. Je suis certain que Ron et Lona seront très heureux. Mais vous ne savez pas lire dans mes pensées car je ne songeais pas du tout à eux.

— Ah bon ? A quoi pensiez-vous, alors ?

— A nous deux. J'ai pris une journée de congé aujourd'hui, exceptionnellement ; je me demandais si vous auriez envie de m'accompagner sur la côte nord. Nous pourrons regarder les plus belles vagues du monde et les surfers ; c'est un spectacle à ne pas manquer.

La perspective de passer la journée avec lui plutôt que de ruminer seule sa tristesse la tentait terriblement. Mais elle se méfiait encore de lui... et de sa propre vulnérabilité.

— De quel piège s'agit-il, cette fois ?

— Rien de machiavélique, rassurez-vous. Je ne vous propose pas de passer la nuit avec moi, seulement d'aller nous dorer sur la plage.

— Et vous me promettez de ne pas...

En voyant un pétillement malicieux danser dans ses yeux bleus, elle ne termina pas sa phrase.

— De ne pas quoi, Jenny ?

— Vous savez très bien ce que je veux dire.

— Je ne peux rien promettre si j'ignore ce que vous désirez !

— Promettez-moi de ne pas... m'obliger à me défendre.

— Je vois. Dois-je comprendre que je n'ai pas le droit de vous prendre par la main ? Ni de vous effleurer la joue ?

— Je ne fais pas allusion à cela ! Cessez de jouer les innocents !

— Ah ! très bien. Je peux donc vous tenir la main et vous caresser la joue.

Il joignit le geste à la parole. Le visage de la jeune femme s'empourpra. Venant de Jordan, les contacts physiques les plus inoffensifs en apparence se chargeaient d'une troublante sensualité. Sa respiration s'accéléra. Sous la mousseline de soie mauve, sa poitrine se gonflait doucement... sous le regard beaucoup trop acéré de Jordan.

— Mais je présume que j'ai l'interdiction de... commença-t-il avant qu'elle ne l'interrompît.

— Écoutez, je ne vais pas me laisser entraîner dans un ridicule marchandage sur le nombre de centimètres carrés de ma personne autorisés à « tout public » ! Vous savez pertinemment où je veux en venir !

— Très bien, soupira-t-il avec résignation. Je m'engage à ne pas... abuser de votre vertu, pour employer un euphémisme victorien à souhait. J'espère ne pas avoir froissé vos chastes oreilles ? Comment, vous rougissez ?

Elle baissa la tête et insista d'une voix sourde :
— Promis ?
— Juré !

A demi satisfaite, elle alla trouver les Marstead afin de les prévenir qu'elle s'absentait pour la journée. Puis Jordan la conduisit chez ses hôtes afin qu'elle puisse se changer. Elle mit son bikini framboise sous son jean avant de jeter dans un sac en toile une serviette éponge et ses lunettes de soleil.

Ils s'arrêtèrent cinq minutes chez Jordan, qui redescendit vêtu d'un pantalon beige et d'un polo marine à manches courtes. Il tenait à la main un short blanc et une serviette qu'il lança négligemment sur le siège arrière de la voiture. Enfin ils se mirent en route. En passant devant le panonceau « A vendre » placé au bout de l'allée, Jennifer observa rêveusement :

— J'envie ceux qui achèteront cette maison...

— Oui, elle n'est pas mal, reconnut son compagnon d'un ton un peu bourru. Si je devais acheter une bicoque, elle me conviendrait assez.

Il n'avait sans doute pas les moyens de s'offrir une aussi belle villa, songea la jeune femme. Mais comme de toute façon il ne ferait pas long feu en Océanie...

Ils empruntèrent la jolie route qui longeait la côte en direction de Princeville, au nord de l'île.

— Vous savez, dit Jennifer, j'ai découvert récemment que *kane* en hawaïen veut dire « homme »...

— Malheureusement je ne pense pas avoir d'ancêtres hawaïens — il s'agit d'une simple coïncidence. Mon père a retracé son arbre généalogique jusqu'à un vieux loup de mer d'origine britannique, capitaine au long cours et pirate à ses heures perdues.

— Vous tenez certainement de lui !

— *Kane* signifie également « mari »...

— Cette définition ne s'appliquera jamais à vous, si ?

Il lui adressa un sourire énigmatique.

— Qui sait ? Un jour, peut-être, une charmante sirène de votre espèce entrera dans ma vie et me mènera par le bout du nez...

— Fort peu probable ! Vous êtes bien trop fermé à toute émotion. Un véritable oursin ! Jordan... que s'est-il passé pour que vous vous défiiez à ce point des femmes et de tout attachement sentimental ? Est-ce à cause d'un chagrin d'amour ?

Son compagnon garda les yeux fixés sur la route.

— Pourquoi cette question ? Tout être normalement constitué réfléchit à deux fois avant de se lier pour la vie à quelqu'un.

Comme toujours il s'arrangeait pour se défiler !

— Mais cette méfiance, ce rejet atteignent chez vous des proportions maladives ! insista-t-elle.

Il se contenta d'éclater de rire. Têtue, elle revint à la charge.

— Je ne parle pas seulement d'un engagement sentimental. Tenez, par exemple : vous aimez Kauai, vous avez trouvé ici un travail qui vous plaît, et pourtant vous restez comme un oiseau sur la branche, prêt à vous envoler au moindre souffle de vent.

Le visage de Jordan se ferma soudain, ses traits prirent une expression amère.

— J'ai appris depuis longtemps que ni l'amour ni l'attachement ni aucune des valeurs les plus nobles ne peuvent résoudre vos problèmes ou changer quoi que ce soit à la réalité.

Cette terrible profession de foi laissa la jeune femme sans voix. Elle devinait obscurément que seul un drame dans l'existence de Jordan avait pu le rendre à ce point pessimiste. Elevée dans un cocon, elle ne pouvait sans doute le comprendre. Elle renonça à le harceler davantage, sous peine de gâcher complètement la journée.

Ils continuèrent de rouler en silence, tous deux absorbés dans leurs pensées secrètes. L'idée effleura Jennifer que Jordan était moins fâché contre elle que préoccupé de rancunes et de frustrations anciennes ; en l'interrogeant elle avait rouvert de vieilles blessures.

Finalement il gara la voiture à l'ombre d'un cocotier ; ils en descendirent avec soulagement et respirèrent ensemble l'air du large, frais et vivifiant. Après avoir escaladé un promontoire rocheux, ils accédèrent à une dune de sable blanc plantée d'ajoncs. La jeune femme se tourna alors vers son compagnon.

— Excusez-moi, Jordan, je n'avais pas le droit de vous poser toutes ces questions. Je me suis montrée indiscrète. Vous me pardonnez ?

A sa grande surprise elle vit son visage s'adoucir brusquement ; il tendit la main vers elle et ébouriffa tendrement ses cheveux déjà décoiffés par le vent.

— Bien sûr, répondit-il. Qui voudrait passer tout un après-midi avec un ours mal léché ? Allons mettre nos maillots. Vous ne commencez pas à avoir faim ?

— J'ai surtout très soif !

Ils retournèrent à la voiture. Sur la grande esplanade du parking se trouvait, à cinquante mètres d'eux, une baraque en bois où rutilait un néon agressif : « Snack-bar ». Jordan s'y dirigea pendant que Jenny se débarrassait rapidement de ses vêtements. Lorsqu'il revint, quelques minutes plus tard, il poussa un sifflement d'admiration.

— Vous êtes rapide ! fit-il avec un sourire goguenard.

Elle se sentit obligée de lui fournir une explication.

— J'avais mon maillot sous mon jean.

— Ah ! vous me rassurez. J'ai cru un instant

93

que j'avais manqué le meilleur moment de la journée.

Tout en lui tendant une boîte métallique contenant un soda frais, il la détailla de la tête aux pieds. Elle rougit, consciente de sa quasi-nudité, et regretta instantanément d'avoir acheté ce bikini.

— J'ai l'impression d'avoir sous les yeux trois appétissants cornets de glace à la framboise, murmura-t-il. Je crois bien que je vais attendre que la glace fonde doucement au soleil...

— Je... je vais me baigner pendant que vous vous changez.

Elle se détourna mais il la retint brutalement par le bras.

— Jenny... Comment voulez-vous que je tienne mes promesses alors que vous êtes aussi provocante ?

Une indéniable accusation perçait dans sa voix rauque et profonde. Quelques centimètres à peine les séparaient mais elle sentit son corps traversé par une onde de chaleur familière qui ne devait rien à l'ardeur du soleil.

— Vous avez du cran, non ? riposta-t-elle d'un ton mal assuré. Vous devriez pouvoir vous maî-triser !

La portière de la voiture était restée ouverte et les cachait partiellement au regard des passants. Jordan imprima intimement le corps de la jeune femme contre le sien. Elle n'essaya pas de résister car une foule de baigneurs circulait autour d'eux et il n'oserait pas pousser trop loin l'indécence... Se sentant à l'abri, elle se permit de nouer ses doigts sur la nuque de son compa-

94

gnon et de savourer cet agréable contact physique.

— Tenez, je vous donne l'occasion d'exercer votre « self-control », susurra-t-elle.

— Vous êtes impitoyable...

Subitement il la poussa sur le siège arrière de la voiture et la couvrit de son corps musclé. Elle fut prise de panique. La décence était peut-être une notion très fluctuante chez un homme comme Jordan !

— Vous m'avez promis ! s'écria-t-elle d'une voix étouffée.

— Et si j'étais un menteur ?

Ses yeux bleus lançaient des éclats lumineux et durs, comme un saphir.

— Vous m'avez donné votre parole ! protesta-t-elle en désespoir de cause.

Il se redressa avec un grognement maussade ; mais dans son mouvement il tira par mégarde sur le cordon du soutien-gorge de Jennifer, et l'un des minuscules triangles framboise glissa, révélant la pointe rosée d'un sein.

Il se détourna brusquement et enfonça les mains dans les poches de son pantalon. Un peu honteuse, elle bondit hors du véhicule et courut seule vers la plage.

Lorsque Jordan la rejoignit, après s'être changé, il la trouva nageant dans l'eau tiède avec une exubérance enfantine. Un peu plus loin, des surfers expérimentés chevauchaient d'énormes rouleaux avec une étonnante maîtrise. C'était effectivement un spectacle captivant, dont on ne se lassait pas.

Au bout d'un moment, les deux jeunes gens s'assirent sur le sable, laissant le vent du large sécher leur peau ruisselante. Bientôt un surfer s'approcha d'eux, sa planche sous le bras ; il boîtait et marchait péniblement. Arrivé à leur hauteur, il salua amicalement le pilote : visiblement ils se connaissaient car ils échangèrent aussitôt quelques plaisanteries.

— Tu veux que je te passe ma planche ? demanda le surfer. Je me suis abîmé le pied, j'arrête pour aujourd'hui.

Jordan interrogea sa compagne du regard.

— Allez-y, l'encouragea-t-elle en toute sincérité. Je brûle d'assister à vos exploits.

Un sourire confiant éclaira le visage de Jordan. Quelques instants plus tard il s'éloignait vers la mer, après avoir raccompagné son ami jusqu'à son mini-car.

Jennifer connut ce jour-là la plus grande frayeur de sa vie. Même de loin, les vagues lui paraissaient monstrueuses et dès que Jordan disparaissait dans un jaillissement d'écume, son cœur s'arrêtait de battre. Pourtant il réapparaissait chaque fois, dressé sur la planche, chevauchant la crête du rouleau tel un guerrier antique sur son char.

Quand il vint la trouver pour lui demander avec inquiétude si elle ne s'ennuyait pas trop, elle secoua la tête en riant.

— Amusez-vous ! J'adore ça et vous êtes superbe, lui dit-elle.

— Merci. Cela fait longtemps que nous n'avions pas eu d'aussi beaux rouleaux !

Et il repartit. Elle pensa à plusieurs reprises qu'elle devrait se mettre à l'ombre, car le soleil dardait sur la plage des rayons incandescents et dans sa hâte elle avait oublié de prendre sa lotion protectrice. Mais elle ne voulait pas perdre une seule minute du merveilleux spectacle que lui offrait Jordan. De temps en temps, sans le quitter des yeux, elle allait se rafraîchir dans l'eau puis regagnait le sable.

Le soleil baissait à l'horizon lorsque le jeune homme remonta vers la plage. Il semblait d'excellente humeur, grâce sans doute à l'exercice et à sa bienfaisante fatigue.

Mais en se rhabillant près de la voiture, Jennifer s'aperçut qu'elle aurait dû se montrer plus prudente : une douleur cuisante irradiait la peau sensible de ses cuisses. Elle s'était exposée beaucoup trop longtemps. Cependant elle ne dit rien, de peur de gâcher la belle humeur de son compagnon. Elle était si heureuse de le voir de nouveau rieur et insouciant !

Quand ils furent assis côte à côte, il déposa un léger baiser sur ses lèvres.

— Merci d'avoir été si patiente et... compréhensive. Je connais beaucoup de femmes qui m'auraient accueilli en boudant ou en m'abreuvant d'injures !

— Mais je me suis beaucoup amusée à vous regarder !

— Puis-je essayer de me faire pardonner ma grogne de tout à l'heure en vous emmenant dîner quelque part ?

— Vous ne me devez rien...

— Cela me ferait plaisir. D'autant que vous m'avez clairement laissé entendre que vous ne prévoyiez pas d'activité plus grisante que de rentrer chez vous !

Elle se troubla sous son regard tendre et moqueur.

— Très bien, accepta-t-elle, alors allons dîner.

Il mit la voiture en marche. Tout en roulant, il l'entretint gaiement de choses et d'autres. Mais quand, à un moment donné, il posa machinalement la main sur la jambe de la jeune femme pour appuyer son propos, elle sursauta violemment. Il crut d'abord à de la pudeur, puis il se rendit compte qu'en réalité il lui avait fait mal. Il pressa alors légèrement les doigts sur son épaule nue : des traces blanches apparurent sur la zone sensible, dont la couleur avait progressivement viré au rouge cramoisi.

— Jenny, vous êtes complètement brûlée ! s'exclama-t-il avec horreur.

— Oh ! ce n'est pas aussi grave. Un simple coup de soleil. Je me mettrai un peu de lait avant d'aller dîner.

— S'il s'agit vraiment de brûlures, comme je le crois, d'ici une heure vous souffrirez tellement que vous ne vous souviendrez même plus du restaurant ! Allons chez moi : j'ai un baume miracle pour ce genre de problème.

Elle fut sur le point de refuser mais, à mesure que le temps passait, la douleur s'intensifiait. Elle s'en voulut terriblement d'avoir eu la naïveté de croire que son discret bronzage la mettait dorénavant à l'abri des coups de soleil.

Quand ils arrivèrent chez Jordan, elle avait l'impression d'être un homard à peine sorti de l'eau bouillante. C'était affreux, à la limite du supportable.

Dans la cuisine, il lui fit enlever son jean pour examiner l'étendue des dégâts et poussa une exclamation consternée.

98

— Mais enfin, Jenny, vous n'aviez mis aucune crème pour vous protéger ?

— J'ai oublié mon tube chez les Marstead...

— Pourquoi être restée assise au soleil, dans ce cas ? Et vous auriez dû m'ordonner de descendre de cette maudite planche pour vous emmener à l'ombre !

— Je voulais vous regarder. Honnêtement je ne me suis pas rendu compte que je m'exposais trop longtemps. Ce n'est que dans la voiture...

— C'est ma faute ! s'emporta-t-il, furieux contre lui-même. Je suis désolé, Jenny, je me suis comporté comme un égoïste. Faire l'imbécile pendant que vous étiez en train de griller vive au soleil... c'est absolument impardonnable.

Elle coupa court à ses excuses en lui demandant doucement :

— Ne m'avez-vous pas dit posséder un remède miracle contre les brûlures ?

— Oui, en haut. Mais prenez d'abord une douche pour débarrasser votre peau du sel de mer.

Elle suivit ses conseils sans discuter. L'état presque inquiétant de son corps à vif avait dû ôter à Jordan toute arrière-pensée libertine ; elle n'avait rien à craindre de lui dans les circonstances présentes.

Il la conduisit dans une salle de bains attenant à l'une des chambres du rez-de-chaussée et ferma la porte derrière elle. Nue devant le miroir, elle fut horrifiée. Elle laissa l'eau tiède ruisseler sur sa peau douloureuse, se lava les cheveux puis se sécha en se tamponnant doucement avant de remettre son maillot.

Jordan l'attendait dans la chambre voisine.

— Allongez-vous à plat ventre sur le lit. Je vais vous enduire de ce baume.

— Je peux m'en charger moi-même... protesta-t-elle.

— Faites ce que je vous dis.

Elle s'exécuta maladroitement ; le moindre mouvement la faisait atrocement souffrir. Il lui glissa un oreiller sous la tête et, avec d'infinies précautions, commença d'étaler la crème. Jennifer éprouva immédiatement une sensation de fraîcheur et d'apaisement. Grâce au remède, ou au miraculeux massage des mains de Jordan ?

Petit à petit elle se détendit complètement, oublia la douleur pour s'abandonner à un bien-être grandissant. Il dénoua le haut de son maillot afin d'enduire la totalité de son dos et elle ne songea pas à s'en offusquer — il s'agissait d'un geste strictement médical.

— Je ne vous fais pas mal ? questionna-t-il en poursuivant sa lente progression vers ses hanches et ses cuisses.

— Pas du tout. Votre potion magique est fabuleuse.

— Il vous faudra plusieurs jours pour vous remettre complètement de ces brûlures. Je ne me le pardonnerai jamais.

Elle ne répondit pas, trop heureuse que cet incident lui vaille tant de sollicitude de la part de cet homme énigmatique. Arrivé aux chevilles, il lui dit :

— Maintenant l'autre côté. Retournez-vous.

Elle obéit sans penser que son soutien-gorge

était défait. Et lorsque le regard soudain assombri de Jordan erra sur ses seins nus, elle fut prise
d'une bouffée de chaleur qui ne devait rien à son
coup de soleil.

Chapitre sept

La première réaction de Jennifer fut de ramener sur sa poitrine les minuscules triangles de son maillot. Jordan l'en empêcha en lui saisissant doucement le poignet.

— Non, murmura-t-il d'une voix rauque.

— Pourquoi ?

— Parce que je veux admirer votre beauté.

Du bout du doigt il traça la démarcation entre la peau brûlée par le soleil et la petite partie restée blanche ; puis il s'attarda sur l'extrémité nacrée. La jeune femme tressaillit de plaisir.

— Jenny...

— Vous... vous êtes censé appliquer de la crème sur mes coups de soleil, lui rappela-t-elle.

Il serra les mâchoires.

— C'est vrai. Excusez-moi.

Rageusement, il appuya sur le tube et continua de s'acquitter consciencieusement de sa tâche, en commençant par le visage. Jennifer garda les yeux ouverts — non pour surveiller ses gestes mais parce qu'elle était irrésistiblement attirée par son regard. Son expression paraissait distante, presque sévère, comme s'il prenait soin de dissocier le subtil message transmis par ses doigts de ses pensées les plus intimes.

102

— Vous me faites du bien, murmura-t-elle au bout d'un moment.

— C'est un remède très efficace, répondit-il d'un ton neutre.

Il faisait maintenant pénétrer la crème sur son ventre plat. Elle dut fermer les yeux pour cacher le trouble extrême dans lequel la plongeaient ces caresses involontaires. Mais elle les rouvrit presque aussitôt, désireuse de lutter contre l'affolement de ses sens.

— Vous n'y êtes pour rien, pour mon coup de soleil je veux dire, articula-t-elle pour s'obliger à refaire surface.

— C'est gentil à vous, cependant je m'estime responsable de ce qui vous est arrivé.

S'il savait qu'elle ne regrettait rien! Oh, non!

— Je crains que vous ne repartiez au Kansas avec un souvenir cuisant d'Hawaï, poursuivit-il du même ton distant et impersonnel. Quand quittez-vous Kauai?

— Je ne sais pas encore.

— Vous auriez sans doute intérêt à attendre quelques jours. C'est un long voyage qui risque d'être pénible pour vous, avec ces brûlures.

Toujours aussi efficace, il enduisait à présent l'intérieur de ses cuisses. Dans un éclair de lucidité, Jennifer mesura soudain le danger qui la guettait. L'extraordinaire virilité de Jordan avait allumé en elle un feu que lui seul pouvait éteindre. Et il ne s'agissait pas seulement de passion physique... Il avait exercé sur tout son être le rôle d'un révélateur sensuel; lui seul pouvait désormais éteindre les feux qui l'embrasaient, lui donner l'apaisement qu'elle appelait de tout son corps.

— Si vous prenez l'avion dans les jours qui viennent, ajouta-t-il, je vous conseille de porter un vêtement ample et confortable.

Il lui souleva légèrement la jambe par le talon pour achever son traitement. C'était bientôt fini... Alors elle se décida.

— Je ne compte pas rentrer tout de suite, déclara-t-elle. On m'a proposé un travail temporaire dans une banque, à Lihue. J'ai accepté.

Le visage de Jordan marqua un étonnement sincère qu'il se hâta de dissimuler sous un masque indéchiffrable.

— Quand est-ce arrivé ? questionna-t-il calmement.

— Ben Wagner m'a fait cette proposition samedi.

Elle comprit en prononçant ces mots que sa décision de rester avait été prise instantanément. Jordan reboucha le tube de crème et s'allongea à côté d'elle sur le lit, un coude replié sous lui. Puis il écarta doucement du visage de Jenny une mèche de cheveux encore humides.

— Les îles vous ont conquise...

— Oh! ce n'est qu'un stage provisoire. Je ne fais que différer mon retour de trois ou quatre mois, tout au plus.

— Si vous restez, vous ne rentrerez jamais au Kansas.

Etaient-ce les îles qui la retenaient si puissamment ? Ou Jordan ? Elle s'aperçut tout à coup qu'elle n'avait pas remis son soutien-gorge ; elle le posa sur sa poitrine, sans toutefois se donner la peine d'attacher le cordon sur sa nuque. Il la regarda faire sans intervenir.

— N'est-ce pas un comportement un peu

étrange de la part d'une femme follement amoureuse de l'homme qui l'attend au pays? demanda-t-il.

Il esquissa le geste de poser une main sur la cuisse de la jeune fille puis se ravisa, craignant de lui faire mal. Machinalement il se mit à jouer avec les lanières de son maillot.

— Ma décision n'a rien à voir avec mes sentiments pour Matt, se défendit-elle.

— A moins que le chant des îles ne soit plus fort que celui de votre fiancé... Ou que vous vous soyez rendu compte qu'il manque quelque chose d'essentiel à votre relation. Ça, par exemple.

Sa main possessive se referma brutalement sur son sein tandis que son regard bleu emprisonnait le sien, essayant de lui arracher un indicible aveu.

— Pourquoi votre cœur bat-il si fort, petite Jenny?

— Vous ne le sentiriez pas si vous ne...

— Mais je ne peux vous toucher nulle part ailleurs sans vous faire mal. Sauf ici...

D'un mouvement leste il bascula au-dessus d'elle sans effleurer son corps, en appui sur les deux mains, et embrassa sauvagement sa bouche pulpeuse. Ce baiser parut durer l'éternité.

— Jenny, vous êtes une diabolique créature venue sur terre pour me tourmenter...

Avant qu'elle pût l'en empêcher il posa ses lèvres sur la pointe de son sein qu'elle sentit se durcir sous sa langue experte. Elle étouffa un gémissement de plaisir et guida sa bouche vers l'autre sein. Jordan gémit à son tour mais se redressa soudain, les traits crispés, le souffle court.

— Si nous continuons, je ne tiendrai jamais ma promesse, murmura-t-il d'une voix sourde, empreinte de colère. Vous comptez sur ma parole, n'est-ce pas ?

Elle n'osa répondre de peur de mentir.

— Ne me répondez pas, ajouta-t-il avec un sourire inattendu. Même si je n'avais rien promis, je ne vous ferais pas l'amour ce soir.

— Pourquoi ?

— Parce que votre peau est à vif et que ce serait extrêmement... inconfortable pour vous. Allons à la cuisine, nous trouverons bien quelque chose à manger et à boire. D'accord ?

Hésitant entre le dépit et le soulagement, elle lui sut gré de clore là ce délicat chapitre. Tandis qu'il l'aidait à nouer les cordons de son soutien-gorge, il lui chuchota à l'oreille :

— Mais vous ne pourrez pas toujours vous protéger derrière un coup de soleil !

Dès le lendemain matin, lundi, Jennifer appela Ben Wagner et lui fit part de sa décision d'accepter sa proposition. Il la pria de passer à la banque dans l'après-midi pour remplir les formalités nécessaires et se familiariser avec son futur travail.

Fort heureusement ses brûlures la faisaient déjà moins souffrir, sans doute grâce à l'intervention de Jordan et de son remède miracle.

Mardi matin, avant de se rendre à la banque, elle s'obligea à joindre sa mère afin de la mettre au courant. Elle précisa que son emploi n'était que temporaire.

— Tu as rencontré quelqu'un ? questionna à brûle-pourpoint Mme Bentley.

— J'en ai rencontré des tas ! répondit sa fille avec une gaieté forcée.

Elle raconta la mariage de Lona, parla des amis des Marstead, allant même jusqu'à prononcer le nom de Jordan pour mieux l'exorciser — mais sans lui accorder d'importance particulière. Ce stratagème réussit car sa mère parut rassérénée.

— Très bien, ma chérie. Rappelle-toi quand même ce que je t'ai dit...

— Oui, maman. Ne t'inquiète pas : je n'ai pas changé.

Vraiment ? se demanda-t-elle avec anxiété dès qu'elle eut raccroché. En toute honnêteté, si Jordan ne s'était pas maîtrisé dimanche soir les choses auraient pu se terminer différemment que prévu... Qu'était-il advenu de la rigueur de ses principes ?

Elle s'attendait à ce qu'il se manifestât le jour même mais à son grand étonnement il ne donna pas signe de vie. Pour cacher son cruel désappointement, elle se mentit en décidant que, de toute façon, elle ne voulait plus le revoir. S'il ne la contactait pas, c'était afin de leur éviter à tous deux une entrevue gênante, la dernière...

Amère, le cœur et le corps endoloris, elle écrivit alors une longue lettre à Matt, lui parlant de son travail et lui suggérant de venir la rejoindre à Kauai pour une ou deux semaines de vacances.

La semaine s'écoula tranquillement. Ravie de son nouvel emploi elle s'adapta très vite, donnant toute satisfaction à son employeur. Elle se servait de la voiture de Lona pour se rendre à

Lihue, ce qui lui procurait un sentiment de liberté, d'autonomie. En quelques jours ses coups de soleil se muèrent en un bronzage profond et régulier. Elle avait eu beaucoup de chance car d'autres peaux, plus fragiles, auraient pelé tristement sans brunir.

Les Marstead continuaient de mener une vie très mondaine et ne manquaient pas de l'inviter à chacune de leurs soirées. Elle y participait ou non, selon son bon plaisir. Bref, tout allait pour le mieux.

Un jour qu'elle sortait de la banque pour déjeuner, le klaxon insistant d'une voiture attira son attention de l'autre côté de la rue. Jordan !

Elle s'efforça de calmer les battements soudain irréguliers de son cœur. Il descendit de voiture et marcha vers elle, élégant en costume gris et cravate de soie. On eût dit un étranger, vêtu ainsi. Si elle ne le connaissait pas, elle l'aurait pris pour un jeune loup en déjeuner d'affaires !

Quand il s'approcha, elle dut serrer les dents pour dissimuler la joie que lui causait cette rencontre inattendue.

— Vous êtes superbe, déclara-t-il d'emblée. Je m'attendais à vous voir couverte de cloques !

Une lueur moqueuse et familière dansait dans ses yeux trop bleus. Il posa les mains sur les épaules de la jeune femme et s'apprêtait à l'embrasser le plus ouvertement du monde ; elle détourna la tête au dernier moment et réussit à esquiver son baiser.

— Que me vaut l'honneur de cette visite ?
— Une invitation à déjeuner. Ça vous va ?

Quel toupet ! songea-t-elle avec rancune. Il ne

donnait pas signe de vie pendant toute une semaine, et se permettait de débarquer à l'improviste pour l'emmener déjeuner, sans même prendre la peine de la prévenir !

— Que vous arrive-t-il ? Seriez-vous à court de victimes pour le week-end ?

Il marqua une légère surprise devant le sarcasme de la jeune femme mais se ressaisit aussitôt.

— Vous m'en voulez de ne pas vous avoir appelée, n'est-ce pas ? devina-t-il.

Sa perspicacité et son air satisfait la mirent en rage.

— Au contraire, j'étais soulagée. Cela m'évitait d'avoir à vous dire que je ne voulais plus vous revoir.

— Aimeriez-vous savoir pourquoi je vous ai négligée ces jours-ci ?

Elle hésita, tiraillée entre l'amour-propre et la curiosité.

— Vos raisons ne m'intéressent pas.

— Lundi j'ai dû accompagner Rasmussen, mon patron, à Honolulu. Un client qui lui avait acheté un hélicoptère le mois dernier prétendait résilier l'acte de vente parce qu'il ne voulait plus de son joujou. Je croyais être rentré le jour même mais des complications d'ordre juridique m'ont emmené jusqu'en Californie. Je suis revenu il y a deux heures à peine, je ne pensais qu'à vous revoir. Et vous me jouez la comédie de la femme abandonnée...

— Je ne me sens pas abandonnée ! protesta Jennifer plus aigrement qu'elle ne l'eût voulu.

Ridicule ! pensa-t-elle. Je tombe dans tous ses pièges, j'agis comme si j'étais jalouse et je...

Jordan profita de son indécision pour l'entraîner vers sa voiture.

— Je ne dispose que d'une heure, protesta-t-elle faiblement.

— Je vous emmène dans un petit restaurant sur la baie. On y mange très vite et très bien.

En effet le service était irréprochable, les plats excellents. Ils dégustèrent des brochettes grillées accompagnées de salade exotique. Jordan lui décrivit par le menu les tractations qui l'avaient conduit en Californie, avant de conclure :

— J'ai l'impression que vous n'êtes pas convaincue ?

— Vous n'avez ni à vous justifier, ni à me donner votre emploi du temps. Aucune relation particulière ne nous engage.

Il plongea son regard dans le sien. Mal à l'aise, elle but une gorgée de thé glacé afin de se donner une contenance.

— Vous refusez peut-être de l'admettre, dit-il enfin, mais des liens très particuliers nous unissent...

— Comment saviez-vous que je sortais à treize heures ? questionna-t-elle, s'empressant de changer de sujet.

— J'attendais devant la banque depuis midi. Je n'ai pas voulu vous avertir par téléphone car je savais que vous invoqueriez je ne sais quelle excuse pour vous dérober.

Comme il la connaissait bien ! En son for intérieur, elle éprouva une joie qui lui coupa le souffle à l'idée qu'il l'ait attendu une heure. Mais c'était lui qui l'emportait comme toujours, puisqu'elle déjeunait à ses côtés !

Il enchaîna avec entrain :

110

— Après ces désagréables préliminaires, si nous faisions des plans pour ce soir? Des amis organisent un *luau*, une grande fête traditionnelle en plein air. Il y aura de la musique, des danseuses, du poisson grillé à profusion... Je passe vous prendre vers six heures et demie.

Un *luau*! songea-t-elle avec excitation. Depuis sa petite enfance elle rêvait d'assister à l'une de ces fêtes. Si seulement ils pouvaient s'y rendre en amis, sans ambiguïté ni disputes, et qu'il la raccompagne, la soirée terminée, sans rien exiger...

Elle le regarda et reconnut la lueur trop familière qui dansait dans ses yeux et ce sourire qu'elle connaissait si bien : il ne laissait planer aucune équivoque. Cette fois elle ne lui arracherait pas de promesses et elle ne serait pas protégée par un grave coup de soleil. Elle se sentit soudain plus vulnérable que jamais. Oui, elle succombait à son charme ; et si les circonstances de leur rencontre avaient été différentes, si Lona ne l'avait pas mise en garde contre lui, elle serait à deux doigts de tomber amoureuse... et de répéter l'erreur de sa mère, une vingtaine d'années plus tôt.

— Je ne suis pas libre ce soir, répondit-elle enfin. Matt attend mon coup de téléphone.

Pour rendre plus crédible l'alibi qu'elle venait d'inventer, elle ajouta :

— Je pense qu'il me rejoindra très bientôt.

Jordan se cala sur le dossier de sa chaise et la dévisagea avec attention.

— Je vois. Aurai-je la chance de rencontrer ce futur époux idéal, détenteur de toutes les vertus domestiques ?

— Je ne vous permets pas de vous moquer de lui !

Il prit un air offensé.

— Je ne me moque pas ! Il pourra même me servir de modèle, m'aider à me débarrasser de mes vilains défauts.

— Vous êtes impossible !

Il se mit à rire.

— Mais je crains d'être incurable, admit-il. Tant pis. Pourtant, si c'est l'amour que vous cherchez...

Il se penchait de nouveau vers elle et promenait un doigt caressant sur l'ovale délicat de son visage.

— J'ai peur que votre définition du mot amour ne diffère sensiblement de la mienne, trancha-t-elle sèchement.

— Peut-être...

Retirant sa main, il consulta sa montre.

— Nous devons partir si vous ne voulez pas être en retard, fit-il à regret.

Ils sortirent dans la rue et se dirigèrent vers la voiture. Tout à coup, Jordan s'arrêta devant une joaillerie. Dans la vitrine étaient artistement exposés des bijoux de corail et des perles de culture.

— J'aimerais vous offrir un petit souvenir de notre... brève rencontre, dit-il en se tournant vers elle.

— Je n'y tiens pas, merci.

Comme sourd à son refus il l'entraîna dans la boutique. Dévorée de curiosité, Jennifer ne put s'empêcher de tomber en arrêt devant un grand plateau chargé d'huîtres. La vendeuse leur expliqua que chacune d'elles contenait une perle.

112

— Mais comment peut-on le savoir ? s'étonna Jennifer.

Jordan lui fournit l'explication :

— On introduit dans chaque coquille un grain de nacre, donc un corps étranger, qui favorise la fabrication de la perle. Choisissez-en une.

Après avoir longuement hésité, la jeune femme désigna timidement une huître de forme arrondie. La vendeuse se livra alors à un étrange cérémonial : elle tapa trois fois sur la coquille en prononçant le mot *Aloha* avant de l'ouvrir à l'aide d'un couteau spécial. Sur son écrin gris-vert brillait une grosse perle d'un bleu irisé.

— Elle est magnifique ! s'exclama Jennifer avec un ravissement enfantin.

— Voulez-vous qu'on la perce afin que vous puissiez la monter sur une chaîne ? s'enquit la vendeuse. Si vous ne la portez pas à même la peau, la perle ternira et perdra son aspect vivant.

— Oui, s'il vous plaît, répondit Jordan à la place de la jeune femme.

Il choisit lui-même dans la vitrine une délicate chaîne d'or.

— Mais je ne veux pas... s'interposa Jenny.

— Allons, vous n'allez pas laisser mourir une aussi jolie perle !

La vendeuse disparut dans l'arrière-boutique et revint quelques instants plus tard avec le collier complet. Jordan attacha le fermoir autour du cou de la jeune femme ; son regard s'attarda sur la perle nichée à la naissance de ses seins.

— Parfait, mumura-t-il.

Elle bredouilla un remerciement. Cinq

113

minutes plus tard, il la déposait devant la banque. La pendule extérieure marquait deux heures moins trois. Jennifer se dépêcha de descendre de voiture mais Jordan la retint.

— Vous êtes certaine de ne pas changer d'avis, pour le *luau* de ce soir ? questionna-t-il. Notre déjeuner en tête-à-tête ne s'est pas si mal passé...

Elle était terriblement tentée d'accepter. Pourtant elle répliqua d'un ton mordant :

— Vous estimez que je vous dois quelque chose en échange de votre cadeau, je suppose ?

Les yeux de Jordan s'assombrirent de colère. Sans répondre, il démarra dans un violent crissement de pneus.

Chapitre huit

A peine rentrée de son travail, Jennifer téléphona à Matt. N'ayant pas encore reçu sa lettre, celui-ci ignorait donc qu'elle avait trouvé un emploi temporaire à Kauai et qu'elle l'invitait à la rejoindre pour de courtes vacances.

Envahie par un sentiment de culpabilité, elle justifia maladroitement sa décision de prolonger son séjour sur l'île. Matt, cependant, ne parut pas ému outre mesure : l'hiver était particulièrement rigoureux à Vainville et il comprenait ses raisons de le passer au soleil. En revanche il refusa catégoriquement d'abandonner son cabinet d'assurances : en cette période de l'année, il était débordé.

— Voyons, insista Jenny, Mme Blackmore pourrait te remplacer efficacement. Tu ne serais absent qu'une semaine !

— Non, vraiment, ce n'est pas le moment.

Elle perçut dans sa voix une légère impatience, comme s'il lui reprochait d'avoir pu envisager un projet aussi déraisonnable.

— Peut-être plus tard, alors ? J'aimerais tellement que tu connaisses Kauai !

— Il n'en est pas question pour cette année. Un nouveau cabinet d'assurances ouvre ces jours-ci à Vainville, je dois m'attendre à une concurrence sévère.

— Mais, Matt, il n'y a pas que le travail et l'argent qui comptent dans la vie ! Et nous ?

— Tu as raison : je ne vois pas pourquoi tu tardes tant à fixer la date de notre mariage.

— Si je rencontrais un autre homme et que je ne devais jamais retourner dans le Kansas ? Y as-tu songé ?

Au lieu de lui demander si elle l'avait effectivement rencontré, il se contenta de rire.

— Allons donc, tu es beaucoup trop lucide pour te laisser charmer par l'atmosphère des îles !

Elle fit une dernière tentative :

— Il est très important pour moi que tu viennes, Matt.

— N'en parlons plus. Mais je te promets un magnifique voyage pour notre lune de miel.

Une profonde détresse s'empara d'elle après avoir raccroché. Elle se sentait trahie par Matt. Elle avait besoin de lui, de sa sagesse, de son sens des réalités pour l'aider à revenir sur terre, pour considérer les événements sous leur ancienne perspective et, surtout, pour l'éloigner de Jordan !

Bien sûr elle pouvait retourner au Kansas, murmura en elle la faible petite voix de la raison. Or elle s'y refusait pour l'instant. Devant son insistance à le persuader de l'importance de sa venue, il aurait donc dû voler à son secours... comme l'avait fait son père pour sa mère. Leur future vie de couple était en jeu ! Les sentiments exaltés que Jordan éveillaient en elle risquaient fort d'ébranler le cours rationnel de son existence protégée. Et bien qu'ils se fussent quittés sur un malentendu, elle avait l'intuition qu'elle reverrait le pilote bientôt.

Jennifer passa la journée du samedi en compagnie de trois collègues de la banque qu'elle accompagna dans une randonnée pédestre. Elle rentra fatiguée mais détendue par sa longue promenade. Les Marstead dînaient chez des amis, elle se retrouvait donc seule pour la soirée.

Elle dîna d'un sandwich au thon avec un peu de laitue, prit une douche et enfila un confortable *moumou*, sorte de robe d'intérieur taillée en carré dans un tissu souple et léger. Puis elle choisit un livre dans la bibliothèque de ses hôtes et s'installa sur un rocking-chair.

Au bout d'une heure, les yeux fatigués par la lecture, elle se leva, s'étira et se mit à arpenter la pièce. Généralement la solitude lui était légère ; ce soir-là, pourtant, la grande maison vide lui semblait étrangement silencieuse. Pour se distraire, elle mit la stéréo et choisit une cassette de jazz. Quelques minutes plus tard, elle sursauta en entendant la sonnette de la porte d'entrée. Qui cela pouvait-il bien être ? Il était plus de dix heures, un peu tard pour une visite impromptue...

Avec méfiance, elle déverrouilla la porte en laissant la chaîne de sûreté attachée. Jordan se tenait sur le seuil, plus élégant que jamais dans un pantalon gris et une chemise blanche au col ouvert. Ses yeux brillaient plus encore qu'à l'ordinaire, comme s'il venait uniquement relever un défi.

Elle le fit entrer à contrecœur, ignorant son sourire éclatant.

— Je vois que vous partagez mes goûts en musique, observa-t-il en prêtant l'oreille.

Elle se demanda si la douce mélodie syncopée ne l'avait réconfortée que parce que, précisément, elle lui rappelait Jordan.

— Que voulez-vous ? questionna-t-elle brusquement.

— Je suis passé voir si Matt était arrivé.

Il fit mine de chercher derrière chaque meuble. Agacée par son manège, elle réalisa soudain que la pièce était plongée dans une demi-pénombre ; seule une lampe de salon dispensait une lumière tamisée. Elle s'aperçut également qu'elle se tenait devant cette même lampe, à contre-jour, et que son *moumou* devenait ainsi complètement transparent. Elle se déplaça aussitôt. Trop tard. Au regard insolent de Jordan, elle comprit qu'il savait qu'elle ne portait rien sous sa tenue légère.

— Comment voudriez-vous que Matt soit déjà là ? lança-t-elle, énervée. Je l'ai appelé hier soir seulement !

— Il faut moins de vingt-quatre heures par avion pour venir ici. Mais il va venir.

C'était davantage une affirmation qu'une question, aussi ne se donna-t-elle pas la peine de le corriger.

— Qu'avez-vous fait de votre soirée ? demanda-t-elle sans réfléchir.

— J'ai dîné avec une charmante personne.

Une bouffée de jalousie assaillit Jennifer.

— Et c'est déjà fini ? Ne me dites pas que vous

118

avez essuyé un autre refus ! Vos tactiques habituelles n'ont pas marché ?

— Laissez-moi le bénéfice du doute : je l'ai raccompagnée à la porte de son hôtel sans lui faire la moindre avance.

Elle dissimula un immense soulagement. Mais déjà il ajoutait d'un ton de reproche :

— Vous m'accusez d'être un don Juan mais vous rester insensible à mes tactiques. Pourquoi ? Pourquoi me résister, alors ?

Il contemplait la perle qui brillait doucement dans l'ombre.

— Sachez que je ne vous ai pas fait ce cadeau pour vous acheter, fit-il amèrement.

Elle baissa la tête.

— Je sais. Pardonnez-moi de m'être montrée aussi injuste.

— Alors, quand donc votre bien-aimé arrive-t-il ?

— Il... il ne vient pas. Il ne peut pas quitter son travail pour le moment.

— Et qu'en concluez-vous ?

— Qu'il a le sens des responsabilités.

Jordan lui empoigna les avant-bras avec une violence soudaine.

— Vous êtes si tolérante et compréhensive que vous ne vous sentez pas le moins du monde flouée par sa décision, c'est cela ? Mais dites-le !

— Ne soyez pas ridicule !

— Lui avez-vous parlé de moi ?

— Je n'avais rien à lui dire de vous !

Il sourit, content de l'avoir amenée à proférer un mensonge.

— Ce n'est pas vrai, nous le savons tous les deux, affirma-t-il d'un ton triomphant.

Elle n'osa le contredire. Sans doute aurait-elle dû parler à Matt de Jordan, au lieu d'évoquer la vague possibilité d'une rencontre. Mais comment aurait-elle pu formuler ce qu'elle ne parvenait pas à définir elle-même ?

— A la place de Matt, après une aussi longue séparation, je n'aurais qu'une envie : vous tenir dans mes bras. J'aurais sauté dans le premier avion en partance pour Hawaï, rien n'aurait pu me retenir loin de vous.

— Matt n'agit jamais sous le coup d'une impulsion. Il a des engagements à respecter.

— Et vous n'êtes pas amoureuse de lui, murmura doucement Jordan.

— Mes sentiments ne vous regardent pas !

— Bravo, vous avez appris à esquiver les questions gênantes presque aussi bien que moi ! Mais inutile de vous cacher à vous-même la vérité, Jenny. Si vous refusez de voir la réalité en face, vous serez malheureuse toute votre vie ; vous ne traînerez derrière vous que des regrets.

— Je ne me dérobe absolument pas.

— Vraiment ? En ce moment précis, savez-vous ce que vous ressentez exactement ? Ou cherchez-vous à vous mentir ?

Il avait posé les mains sur sa poitrine et la caressait avec une infinie tendresse. Elle vacilla légèrement, prête à s'abandonner contre son corps musclé ; mais une dernière bouffée de lucidité la poussa à reculer d'un pas. Avec un rire moqueur, presque cruel, il l'attira sauvagement contre lui, pressant étroitement son corps contre le sien.

Pour lutter contre l'escalade du désir provo-

120

quée par cette lutte, Jennifer s'immobilisa entre ses bras puissants.

— Jordan, vous n'avez pas le droit de venir ici pour...

— Pour vous faire l'amour ? Je suis très tenté, évidemment. Mais je suis venu pour d'autres raisons.

— Lesquelles ?

— Pour vous parler.

Il relâcha son étreinte avec un lourd soupir, la prit par la main et la guida vers le sofa. Quand ils furent assis, il déclara de but en blanc :

— J'envisage de quitter Kauai.

— Vous allez partir ! s'exclama-t-elle sans chercher à dissimuler sa surprise. Pour où ?

— A Honolulu, l'autre jour, on m'a proposé un travail à Rarotonga.

Ce nom aux consonances exotiques n'évoquait rien pour Jennifer.

— Où est-ce ? demanda-t-elle d'une toute petite voix.

— C'est l'une des îles de l'archipel Cook, dans le Pacifique Sud, au sud-ouest de Tahiti. J'y suis déjà allé plusieurs fois. Cela ressemble un peu à Hawaï, vous vous y plairiez.

Jenny eut l'impression qu'il lui échappait.

— Et que feriez-vous là-bas ?

— Je piloterais les avions qui assurent la liaison intérieure entre les îles.

— Vous allez accepter ?

— Je ne sais pas encore. Peut-être.

Il la dévisagea avec intensité, comme s'il cherchait dans ses yeux la réponse à cette question.

— Qu'espérez-vous trouver là-bas de différent ?

— Combien de fois devrai-je vous répéter que je ne cherche rien de particulier ? Je bouge parce que je déteste stagner en un même lieu.

— L'attachement à un endroit précis n'est pas nécessairement synonyme de l'encroûtement.

Comme il haussait les épaules, elle ajouta :

— Si vous partez, préviendrez-vous votre famille de votre changement d'adresse ?

Elle vit sa main se crisper sur l'accoudoir du sofa.

— Pourquoi cette question ? demanda-t-il d'un air sombre.

— Parce que j'ai l'impression que vous vous conduisez dans la vie comme si vous n'aviez aucune attache. Or c'est faux. Les autres existent, eux aussi. Vos parents vous aiment, j'en suis certaine, ils ont le droit de savoir où vous vous trouvez, dans quelle partie du monde. Je sais par exemple que mes parents auraient beaucoup de chagrin si je disparaissais du jour au lendemain, sans les prévenir. Et ce n'est pas parce qu'il existe entre eux et moi quelques petites divergences...

— Quelles divergences pourraient opposer la gentille petite Jenny à ses parents ?

Elle ignora le sarcasme.

— Ils ne voulaient pas que je vienne à Hawaï. Ma mère aurait souhaité que j'épouse Matt avant de...

Elle laissa sa phrase en suspens.

— Avant quoi, Jenny ? Votre mère ne vous forcerait sûrement pas à épouser un homme que vous n'aimez pas.

— Encore une fois vous détournez la question ! protesta-t-elle. Nous parlions de vous et de votre famille...

La mâchoire de Jordan se durcit, son regard devint fixe.

— Je n'ai personne à informer de mes décisions, murmura-t-il sèchement.

— Il ne peut pas exister entre vous une telle inimitié !

— Jennifer, je n'ai plus de famille. Mes parents et mon frère ont péri dans un accident depuis des années. Il me reste quelques cousins éloignés, à qui il m'arrive d'envoyer une carte postale de temps en temps. C'est tout.

Les yeux gris de la jeune femme s'agrandirent d'émotion.

— Oh ! Jordan, je suis désolée ! Je ne pensais pas que... Vous n'avez plus personne ?

— Non.

— Si j'avais su...

— Ce n'est pas un sujet de conversation particulièrement agréable pour moi. J'évite d'en parler.

Elle comprit à demi-mot qu'il n'avait jamais révélé à personne son lourd et terrible secret. Emplie d'une tristesse sans nom, elle posa une main timide sur sa cuisse, dans l'espoir de lui apporter un peu de réconfort. Mais il continua de regarder droit devant lui.

— Je ne vous ai pas raconté cela pour vous attendrir, ni pour susciter votre compassion ou votre pitié. C'est de l'histoire ancienne. Et si cet accident n'était pas intervenu, je me serais de toute façon brouillé avec ma famille.

Surprise et choquée par la dureté de ses

123

paroles, elle voulut retirer sa main. Mais il l'emprisonna dans la sienne et l'attira contre lui.

— Je préfère que nous parlions de nous deux, dit-il en passant un bras autour de ses épaules.

— Je ne vois pas ce qu'il y aurait à en dire...

Dans un mouvement étonnamment vif et fluide, il se renversa en arrière sur les coussins moelleux du sofa et elle se retrouva allongée sur lui. Son souffle tiède lui effleurait les lèvres.

— Embrassez-moi, Jenny.

— Pourquoi ? murmura-t-elle d'une voix altérée.

— Parce que moi je ne veux pas vous embrasser. Pour vous montrer que je peux être aussi têtu que vous. Et je sais que vous mourez d'envie d'un baiser, autant que moi...

Prise à son jeu, elle lui caressa la joue de ses longs cils noirs. Elle le vit frémir et s'enhardit jusqu'à effleurer de sa langue la commissure de ses lèvres.

— Non, je ne cèderai pas... chuchota-t-il en fermant les yeux.

Elle continua de le tourmenter jusqu'au moment où, avec un gémissement rauque, il capitula et prit possession de sa bouche. Insensiblement, il la fit glisser sous lui l'écrasant de son poids avec une ardeur vengeresse.

Quand il se redressa légèrement, ce fut pour lui dire durement :

— Vous avez gagné, une fois de plus !

— Est-ce vraiment important de savoir qui embrasse qui ? murmura-t-elle d'une voix assourdie.

Il lui caressa le visage d'un air songeur.

— Je suppose que non... Jenny, viens avec moi... aime-moi...

L'urgence soudaine de sa voix emplit Jennifer de panique. Elle voulut le repousser mais il ajouta, le regard fiévreux :

— Je ne te demande pas simplement de partager mon lit pour une nuit ou un week-end. Je veux que tu viennes avec moi à Rarotonga. Nous habiterons une maison près de la mer, nous ferons l'amour, nous rirons ensemble, nous mènerons une vie simple et libre. Tu m'accompagneras dans tous mes vols, le reste du temps nous explorerons les îles en bateau. Et quand nous serons fatigués de Rarotonga, nous irons ailleurs. Viens...

Jennifer fut prise de vertige à la description de cette existence idyllique, paradisiaque. Un seul élément manquait au tableau : le mot « mariage ». Il ne l'avait pas prononcé.

— Vous n'êtes absolument pas réaliste, trancha-t-elle.

— D'accord, j'ai préféré passer sur des détails mineurs, admit-il de bonne guerre. Nous aurons comme tout le monde notre lot de petits problèmes quotidiens : les factures, les disputes occasionnelles, la grippe, une gouttière qui fuit... Mais je crois que nous pouvons être heureux ensemble.

— Vous semblez oublier que je dois épouser un autre homme.

L'expression de Jordan se durcit brusquement.

— Alors c'est cela. Le mariage !

Il s'écarta d'elle avec dégoût et s'assit à l'autre extrémité du sofa pendant qu'elle se redressait.

— Donc vous refusez ma proposition ?

— Jordan, ce que vous m'offrez là est complètement utopique !

Au même moment elle ferma les yeux. Si elle était sincère avec elle-même, elle dirait oui, oui, je suis prête à te suivre au bout du monde parce que...

Non, elle ne l'aimait pas. Elle était amoureuse, tout au plus, victime de la même illusion que sa mère avant elle.

— Ce que je vous propose n'a rien d'utopique, protesta furieusement Jordan. Je n'ai pas parlé de mariage, voilà où le bât vous blesse ! Si je vous avais offert une alliance, votre attitude aurait été différente, n'est-ce pas ?

— Quel incurable vaniteux vous faites ! C'est bien mal me connaître que de croire que je tienne à vous épouser ! Vous êtes un égoïste prétentieux auquel les sentiments des autres importent peu !

— Je ne dis pas que le mariage est pour moi hors de question. Plus tard peut-être...

Elle secoua furieusement ses longs cheveux bruns, vexée qu'il ait si bien su lire en elle.

— Mettez-vous dans la tête que je ne souhaite pas devenir votre femme ! s'écria-t-elle. Je désire seulement faire l'amour avec vous !

Trop tard ! Les mots lui avaient échappé ! Horrifiée, elle porta à ses lèvres une main tremblante. Puis, devant l'expression stupéfaite de Jordan, elle éprouva un agréable sentiment de victoire : elle venait de porter un joli coup à son amour-propre ! Mais presque aussitôt elle mesura l'énormité de ses paroles : elle les lui avait assenées comme une injure, il les interprétait comme une provocation sexuelle !

Il la détailla avec insolence, de la tête aux pieds.

— Ça peut s'arranger, murmura-t-il lentement.

— Jordan, je ne voulais pas...

— Vous faites machine arrière, déjà ?

Il s'approcha d'elle, sombre et déterminé, lui prit la taille et l'attira contre lui.

— Jordan, non... Les Marstead peuvent rentrer d'une minute à l'autre !

— Hmmm... Effectivement, la perspective d'une interruption me glace le sang...

Jennifer éprouva un immense soulagement, hélas de courte durée. Perfidement, il ajouta :

— Dans ce cas nous pouvons reporter à vendredi soir. Vous pourrez ainsi passer la nuit chez moi. Je viendrai vous prendre à sept heures. Nous irons d'abord dîner, histoire de rester civilisés. Et... n'emportez pas de chemise de nuit, je risquerais de la mettre en lambeaux.

Chapitre neuf

La semaine passa beaucoup trop vite au gré de Jennifer. Mais en même temps elle avait l'impression que chaque jour s'écoulait avec une inexorable lenteur, comme les minutes ponctuées par l'horrible tic-tac d'une bombe à retardement. Les Marstead partirent le mercredi pour leur voyage d'affaires sur le continent et lui laissèrent la maison.

Heureusement son travail à la banque l'occupait. Pourtant elle se trouva dans une position gênante lorsqu'une jeune Hawaïenne d'origine japonaise présenta sa candidature à Ben Wagner ; c'était une ancienne employée qui possédait les qualifications nécessaires et avait le plus grand besoin de se remettre à travailler. Quel embarras — et quels remords — pour Jennifer qui n'occupait cet emploi que par caprice !

Celle-ci ne cessait de penser à cette fameuse échéance du vendredi. Pour se rassurer, elle se disait que Jordan ne viendrait pas, qu'il ne relèverait pas le défi. S'attendait-il vraiment à ce qu'elle se donne à lui de sang-froid, de manière aussi calculée, préméditée ?

Mais bien sûr qu'il viendrait, ne fût-ce que

pour la satisfaction de la voir se dérober piteusement. Et si elle tenait parole...?

Jeudi soir, Jordan l'appela brièvement afin de lui annoncer qu'il l'emmènerait à un *luau* organisé par des amis pour un petit groupe de touristes. Il ne s'étendit pas sur les détails.

Le lendemain, à sept heures, elle était prête lorsqu'il sonna à la porte. Elle portait une longue robe rouge imprimée de fleurs blanches, le motif hawaïen traditionnel, avec un décolleté en V d'une profondeur raisonnable. Bien sûr la jupe était fendue assez haut sur les côtés mais...

— Charmant! fit-il en découvrant sa cuisse fuselée et bronzée.

Elle s'empressa de changer de position pour dissimuler l'ouverture de sa robe et redressa fièrement la tête.

— Je vois que vous aimez mon petit cadeau, ajouta-t-il.

Elle porta une main à sa gorge, sur laquelle reposait la perle. Si elle avait su, elle aurait pensé à l'enlever...

— Je n'ai pas emporté de bijoux avec moi, expliqua-t-elle.

— Mais si vous portez celui-ci, c'est qu'il possède une certaine importance à vos yeux, non? Vous ne portez aucun symbole de vos fiançailles avec Matt.

— Ça ne veut rien dire!

Ignorant sa protestation, il poursuivit:

— Et après ce soir...

Il s'interrompit délibérément et écarta du front de la jeune femme une mèche de cheveux. Son regard était plus éloquent que des paroles:

129

après ce soir, elle porterait à jamais, au tréfonds de sa chair, l'empreinte de leur intimité.

Eh bien, non ! se jura-t-elle. Alors qu'elle oscil-
lait encore quelques minutes auparavant, elle
prit sa décision en un éclair. Elle accompagne-
rait Jordan au *luau* puis rentrerait directement
chez elle, lui claquant la porte au nez.

— Allons-y, fit-elle d'un ton léger.

Elle jeta sur son épaule un châle en coton
blanc et le précéda au-dehors.

Le *luau* avait lieu dans un cadre idéal : une
charmante crique bordée de palmiers, baignée
par la mer. Le soir tombait, des torches de résine
flamboyaient un peu partout. Un grand trou
avait été creusé dans le sable pour cuire à
l'étouffée un cochon de lait enveloppé de feuilles
de bananier. Des Hawaïens en costumes tradi-
tionnels chantaient et dansaient au son des
guitares.

Jordan et Jennifer partageaient la table d'un
couple de touristes plutôt sympathiques, les
Johnson, que le pilote connaissait pour les avoir
baladés en hélicoptère. Ils cherchaient à acheter
une propriété sur l'île et parurent intéressés
quand Jordan mentionna le fait que la maison
qu'il occupait était à vendre.

Après le dîner, alors qu'un attroupement se
formait autour d'une spectaculaire danse du feu
et des couteaux aux résonances primitives,
Jennifer sentit monter en elle une tension crois-
sante. Quelle serait la réaction de son compagnon quand elle lui demanderait de la raccompagner chez elle ?

Elle prêtait maintenant une oreille distraite
au babillage incessant de Mme Johnson. En d'au-

tres circonstances, elle aurait pu prendre plaisir à la soirée, contempler le velours sombre du ciel piqué d'étoiles ; mais ce soir...

Soudain tout à fait présente, elle perçut une vague menace dans les propos innocents de Mme Johnson :

— ... considérer cela comme une intrusion, mais auriez-vous la gentillesse de nous laisser jeter un coup d'œil à votre villa dès ce soir ? Nous avons loué une voiture et nous pourrions partir en même temps que vous puis nous arrêter quelques minutes avant de rentrer à l'hôtel...

Jordan consulta Jennifer du regard. Elle crispa les mains sur son verre de punch. La villa de Jordan se trouvait entre cette plage et le domicile des Marstead. Elle ne pouvait décemment lui imposer un long crochet supplémentaire, s'il décidait d'accéder à la demande des Johnson.

— Je dois vraiment rentrer... bredouilla-t-elle.

— Oh ! nous ne nous attarderons pas ! promit Mme Johnson.

Le malaise de la jeune femme ne cessait de croître. Quelle indélicatesse de la part de cette femme ! S'imposer ainsi ! Mais elle refusait de manquer à ce point de tact et de porter la responsabilité du refus de Jordan.

Elle finit par acquiescer d'un bref signe de tête. Bah ! elle resterait dans la voiture pendant que son compagnon ferait le tour du propriétaire. Oui, c'était très simple. Et ensuite, droit chez les Marstead !

Vingt minutes plus tard, les deux voitures s'arrêtaient devant la villa de Jordan. Mme Johnson sortit en battant des mains tandis que son époux, galant, ouvrait la portière de Jennifer. Elle le maudit intérieurement de sa prévenance.

— Je préfère attendre ici, s'excusa-t-elle avec un sourire poli.

Mais Jordan intervint :

— Jenny, si vous montriez la cuisine à Mme Johnson ? Vous êtes bien plus qualifiée que moi pour ce genre de choses.

— Oh oui ! s'il vous plaît !

Elle lui décocha un regard furibond mais ne put faire autrement que de suivre ses compagnons, ne tenant pas à provoquer une scène. Après s'être acquittée de ses devoirs de guide pendant que Jordan et Doug Johnson inspectaient le garage et l'atelier, elle fit avec eux, de mauvaise grâce, le reste de la visite. Quand Jordan ouvrit la porte de sa chambre, elle ne put s'empêcher de rester prudemment sur le seuil.

Le tour du propriétaire terminé, les Johnson prirent congé. Jordan les salua aimablement, un bras négligemment passé autour de la taille de Jennifer. Elle fulminait en imaginant le tableau trompeur qu'ils offraient tous les deux.

Lorsque son compagnon referma la porte, il ne souriait plus. La jeune femme s'écarta de lui et demanda :

— Vous les croyez vraiment intéressés ?

— Comment ? Oh... je ne sais pas. En tout cas ils le paraissent. Et ils ont l'argent.

Il marcha vers elle, le regard sombre, et posa une main sur son bras.

— Maintenant qu'ils sont partis, nous ne devrions plus être dérangés...

Elle recula précipitamment.

132

— Vous ne pensez tout de même pas que je...
C'est vous qui avez inventé cette histoire ridicule ! Ces gens n'auraient jamais demandé à visiter une maison en pleine nuit !

— Quelle imagination ! grinça-t-il. Qu'allez-vous chercher ?

Jenny ressentit une légère honte à l'accuser ainsi, sans preuves. Pour se donner une contenance, elle observa :

— De toute façon vous auriez imaginé je ne sais quel autre subterfuge pour m'entraîner chez vous ce soir.

Jordan fronça le sourcil.

— Je n'avais pas prévu de recourir à la moindre manœuvre. Vous êtes saine d'esprit, majeure, responsable de vos actes, je n'avais donc aucune raison de ne pas vous prendre au mot quand vous m'avez fait des... propositions.

Elle s'apprêtait à lui dire que tout ceci était le résultat d'une regrettable erreur mais il reprit avec un sourire supérieur :

— C'était du bluff, n'est-ce pas ? Vous avez dit la première chose qui vous passait par la tête pour vous débarrasser de moi. Exact ?

Presque machinalement, il lui effleura le bas du visage.

— J'aurais dû me douter que la « Pucelle du Kansas » ferait machine arrière, conclut-il avec un sourire moqueur.

— Oh !... où avez-vous entendu cela ? s'exclama-t-elle, rougissante.

— Ron, sans doute.

Elle se promit mentalement de passer un savon à Ron dès qu'il rentrerait de sa lune de miel. Et surtout à Lona, à l'origine de cette indiscrétion! Elle faisait maintenant figure de ridicule oie blanche aux yeux de Jordan! Et tout ça parce qu'elle avait longtemps considéré la virginité comme un trésor précieux. A tort, peut-être! Sans doute lui fallait-il faire l'amour avec lui pour apaiser les délicieux tourments qui la torturaient et retrouver son équilibre.

Elle se hasarda timidement.

— Si j'avais décidé de... de renoncer à mon titre?

Un tressaillement de surprise parcourut le visage de Jordan. Ses yeux se plissèrent curieusement.

— Quelle hardiesse soudaine! Comptez-vous vraiment aller jusqu'au bout, cette fois?

— Cela se pourrait...

Il parut hésiter sur la conduite à adopter puis secoua la tête en riant.

— Je ne vous crois pas, affirma-t-il en lui passant gentiment la main dans les cheveux. Vous vous laisserez caresser, couvrir de baisers, mais au moindre geste un peu intime vous vous enfuirez, prise de panique, comme une biche aux abois.

Jennifer s'efforça de dissimuler le tremblement de sa voix :

— Qu'en savez-vous? J'ai accepté votre invitation ce soir, et je suis ici... avec vous.

— Vous n'avez pourtant rien apporté en prévision d'un long week-end...

Manifestement il cherchait à comprendre ses intentions réelles. Le savait-elle elle-même? Elle ne passerait sans doute pas la nuit ici, pourtant elle restait debout devant lui, hypnotisée par son regard, subjuguée par la douceur de sa main dans ses cheveux soyeux.

— Vous m'aviez prévenue qu'une chemise de nuit était superflue, murmura-t-elle dans un état second.

— C'est vrai. Vous aimez dormir nue ?

— Je... je ne sais pas.

Le sourire ironique de Jordan la poussa à ajouter :

— Mais je ne suis pas contre le fait d'essayer.

— Jenny, Jenny... rit-il doucement en secouant la tête avec incrédulité. Vous vous donnez beaucoup de mal pour paraître délurée et sûre de vous. Mais vous tremblez d'appréhension. Jusqu'où me laisserez-vous aller avant de crier « Pouce ! » ?

— Vous ne le découvrirez que si vous acceptez de tenter l'expérience...

— Alors essayons.

Il lui caressa longuement les épaules, sans cesser de sourire.

— Jusqu'ici ça va, murmura-t-il.

Puis il l'enlaça plus étroitement et ajouta :

— Un baiser, passe encore.

Il joignit le geste à la parole. Ses lèvres descendirent sur celles de Jennifer avec une insupportable lenteur ; elle se dressa légèrement sur la pointe des pieds pour rencontrer sa bouche.

— Même un baiser comme celui-ci...

Les lèvres de Jordan devinrent plus exigeantes, avides. La jeune femme s'accrocha à son cou sans s'en rendre compte, pour mieux répondre à son ardeur. Ce fut lui qui s'écarta le premier.

135

— Que fait-on après un baiser, voyons...

Les mains sur les hanches, il s'éloigna d'un pas afin de la détailler attentivement. Elle en conçut un certain agacement, aussi lui lança-t-elle vertement :

— Vous ne confondez pas, par hasard, la stratégie érotique et le réglage d'un ordinateur ?

— Adorable Jenny, je vous trouve infiniment plus excitante qu'un ordinateur. Jusqu'au moment où vous déciderez d'annuler le programme, naturellement.

— Je n'ai encore rien décidé, justement.

Elle ne se connaissait pas pareille audace. Cependant elle avait conscience de jouer un jeu dangereux, auquel elle aurait déjà dû mettre fin. Quels démons la poussaient à continuer ? Elle éprouvait une étrange ivresse, un curieux sentiment de liberté, à l'idée que si elle décidait de faire machine arrière, Jordan obéirait et n'insisterait pas. Pourquoi ? Parce qu'en un sens elle lui donnerait la victoire en s'esquivant, en « calant » devant l'inéluctable.

Bravement elle fit un pas vers lui.

— Alors, après le baiser ? Un autre baiser ?

Elle l'embrassa lascivement, le sentit se raidir sous l'effet de la surprise puis répondre avec passion. Pourtant ce fut lui qui brisa cette fougueuse étreinte, tout en gardant les mains sur la courbe de ses hanches.

— Cela vous suffit ?

— Je n'ai pas encore cédé à la panique.

— Ça viendra, lui assura-t-il tranquillement.

Il tira lentement sur la fermeture Eclair de sa robe. Avec un frisson, Jennifer sentit ses doigts descendre lentement, si lentement, le long de sa

136

colonne vertébrale, jusqu'à sa voluptueuse chute de reins. Jordan ne quittait pas son visage des yeux, guettant le moment où elle crierait grâce, enfin.

La robe s'ouvrit comme les pétales d'une rose rouge sous les premiers rayons du soleil. Le cœur de la jeune femme battait à tout rompre mais elle ne bougea pas. Alors il la fit doucement descendre sur ses épaules, jusqu'à la taille. Son soutien-gorge en dentelle blanche ressortait sur sa peau brunie.

Finalement il tira brutalement sur l'étoffe et la robe s'enroula autour des fines chevilles de Jennifer.

— Vous jouez avec le feu, dit-il d'une voix sourde.

Comme elle ne réagissait pas, rendue muette par ce cérémonial nouveau pour elle, il la souleva dans ses bras.

— Scène deux : la jeune fille dans la chambre du séducteur...

Tandis qu'il gravissait l'escalier, elle s'accrocha frénétiquement à la rampe mais il continua de monter, l'obligeant à lâcher prise. Elle comprit que la situation lui échappait.

La pièce du premier étage était plongée dans l'obscurité ; Jordan ne prit pas la peine d'allumer la lampe. Il déposa la jeune femme sur le lit et s'allongea auprès d'elle.

Et maintenant ? pensa-t-elle avec effroi. Bientôt il serait trop tard... Peut-être était-il déjà trop tard ? Il dégrafa son soutien-gorge et couvrit sa poitrine de baisers brûlants. Comme dans un rêve, elle sentit se dissoudre en elle toute inhibition. A quoi bon se cacher la vérité ? Entre ses bras, elle devenait pleinement femme...

Quand il se redressa légèrement, sur un coude, elle crut qu'il allait l'embrasser. Mais, dans la pénombre, il la dévisageait intensément.

— Vous ne me demandez pas d'arrêter ? murmura-t-il. Vous êtes prête à aller jusqu'au bout... Pourquoi ?

— Parce que je t'aime !

Le cri lui avait échappé, surgi du tréfonds de son être. Inexplicablement, Jordan se raidit, s'écarta d'elle.

— C'était donc cela...

— Que... que voulez-vous dire ? bredouilla-t-elle, surprise par la dureté de son attitude.

— Vous n'avez rien trouvé de plus original pour prendre un homme au piège ? demanda-t-il avec un cruel mépris teinté d'amertume.

— Quoi ?

Médusée, elle s'assit maladroitement sur le lit, implorant du regard une explication.

— Vous aviez très bien compris que si nous faisions l'amour, je ne pourrais plus me détacher de vous ! accusa-t-il. Alors j'aurais préféré vous épouser plutôt que de vous perdre, n'est-ce pas ? Le pire, c'est que vous avez sans doute raison...

Jennifer mit un certain temps à saisir le sens de ses paroles. Quand elle comprit ce qu'il insinuait, elle entra dans une rage folle.

— Vous me croyez capable d'avoir monté toute une mise en scène, d'avoir froidement joué la comédie, dans le seul but de me faire épouser ?

— A chacun de nos petits duels, vous avez toujours su remporter la victoire. J'étais le premier à céder, à me rendre, quand vous me

138

provoquiez pour mieux vous refuser à moi. Ce soir, vous avez essayé de décrocher le gros lot. Mais je ne me laisserai pas passer la corde au cou !

— La corde au cou ? Décidément, vous avez l'art de retourner les situations à votre avantage ! J'ai toujours entendu dire qu'une femme voulant obtenir le mariage se refusait à l'homme jusqu'à sa nuit de noces. Précaution élémentaire, non ?

— Vous avez deviné qu'il valait mieux employer une tactique différente avec moi. Vous aviez vu juste, j'aurais sans doute marché dans votre combine.

— Ne me faites pas croire que vous m'auriez demandée en mariage si nous avions fait l'amour ! explosa-t-elle. Je ne suis pas naïve à ce point. Des dizaines de femmes avant moi ont...

— Vous êtes différente des autres.

— Très habile ! Vos ficelles sont un peu grosses, cher ami. A mon tour de déjouer vos pièges grossiers : depuis tout à l'heure, vous me faites miroiter la possibilité d'un mariage pour me persuader de passer la nuit avec vous !

Il sembla accuser le coup mais elle ne se souciait plus de ce qu'il pouvait éprouver. Elle chercha son soutien-gorge, s'énerva de ne pas le trouver, remit rageusement ses sandales tombées sur la descente de lit.

— Eh bien ! non merci, Jordan ! poursuivit-elle. Je déteste être manipulée, parce que je suis personnellement incapable de manœuvrer les autres. Vous m'écœurez.

Ce petit discours terminé, elle dut s'avouer

avec humiliation qu'elle dépendait de lui pour rentrer. D'un ton glacial, elle conclut :

— Ramenez-moi chez les Marstead, je vous prie.

Elle descendit rapidement l'escalier, ramassa sa robe. Lorsque Jordan voulut l'aider pour la fermeture Eclair, elle le repoussa sans un mot. Elle sortit de la maison et monta dans la voiture en un temps record.

Le trajet fut tendu, pénible, chacun restant plongé dans un mutisme rancunier. Dans l'allée des Marstead, finalement, Jordan se tourna vers la jeune femme.

— Je crois que... nous devrions reparler de tout cela une fois que nous serons calmés.

— Je suis parfaitement calme et je n'ai rien d'autre à vous dire.

— Tout à l'heure dans ma chambre, vous m'avez avoué...

Il faisait certainement allusion à sa déclaration d'amour passionnée...

— Je vous répète que je ne veux plus vous parler.

— Pourtant je...

Sans attendre la suite, elle sortit de la voiture, courut jusqu'à la porte et chercha frénétiquement la clef dans son sac. Lorsqu'elle s'aperçut qu'il ne lui courait pas après, elle rassembla toute sa dignité pour entrer dans la maison la tête haute, puis claqua la porte derrière elle.

Elle passa une nuit d'insomnie. Les mots « Je t'aime » dansaient une sarabande diabolique dans son esprit. Oui, elle aimait Jordan, et c'est pour cette raison que ses injustes accusations la blessaient si cruellement. A l'instar de sa mère, elle s'était laissé ensorceler par le don Juan du cru...

L'aube la trouva épuisée par sa nuit blanche. Mais sa décision était prise : il fallait fuir, fuir avant de n'être plus qu'une épave, désespérée. De retour à Vainville, elle panserait ses blessures, redeviendrait peut-être la gentille, raisonnable et docile Jennifer Bentley ; elle oublierait l'amoureuse passionnée qui en elle était prête à tout abandonner pour suivre un vagabond jusqu'au bout du monde.

Aux côtés de Matt, le solide Matt, elle retrouverait le sens des réalités, comprendrait que son amour pour Jordan n'était qu'un de ces coups de cœur qui traversent une vie, un regrettable incident de parcours.

Galvanisée par l'urgence de la situation, elle fit ses bagages en toute hâte, prévint les voisins et téléphona à Ben Wagner pour lui annoncer son départ précipité ; il reconnut avec elle que la jeune Japonaise reprendrait volontiers son poste.

En attendant son taxi pour l'aérodrome, elle griffonna un message pour Lona et ses parents.

Son avion décolla de Lihue à onze heures quarante. Au même moment, elle aperçut dans le ciel un hélicoptère bleu et blanc. C'était un présage, un signe du destin : Jordan et elle s'envolaient chacun dans deux directions opposées. Leurs routes ne se croiseraient plus jamais.

Chapitre dix

Pendant toute la durée du voyage, Jennifer lutta contre l'engourdissement de son esprit. Elle semblait avoir pratiqué sur elle-même une sorte d'auto-anesthésie afin de ne plus penser, de ne plus avoir l'impression qu'à mesure qu'elle s'éloignait d'Hawaï elle laissait derrière elle le plus important, le plus palpitant d'elle-même : sa douleur, son cœur.

Pendant son transit en Californie, elle téléphona à sa mère pour lui demander de venir l'attendre à sa descente d'avion. A l'aéroport, la mère et la fille s'embrassèrent avec émotion. Mme Bentley, devant les cernes de Jenny, se garda de l'interroger. La jeune femme dormit quatorze heures d'affilée. Lorsqu'elle se réveilla dans sa chambre d'adolescente, elle surmonta difficilement un curieux sentiment de dépaysement.

Au petit déjeuner, sa mère hasarda quelques questions inquiètes ; Jennifer laissa échapper le nom de Jordan, après quoi sa mère préféra ne pas pousser plus loin l'interrogatoire.

Le surlendemain de son arrivée, seulement, elle se décida à appeler Matt à son bureau pour lui annoncer sa présence en ville. Il se déclara très heureux et lui donna rendez-vous pour le soir même.

Ils dînèrent dans leur restaurant favori, un grill à l'ambiance chaleureuse, au décor rustique. Durant le dîner, Matt se révéla tièdement intéressé par le séjour de sa fiancée à Kauai, mais passionné en revanche par le gros contrat qu'il venait de décrocher. Il s'étendit également sur le fait que, selon lui, le moment était idéal pour acheter sur le marché immobilier.

Quand il l'embrassa en lui souhaitant une bonne nuit, Jennifer, à sa grande honte, ne put s'empêcher de comparer ce baiser sans saveur à ceux de Jordan. Cette brute de Jordan dont les étreintes passionnées n'étaient que mensonge !

Le lendemain soir ils allèrent jouer au bowling ; le jour suivant, ils étudièrent ensemble quelques plans de maisons dont une firme immobilière allait entreprendre la construction sur les nouveaux lotissements de la ville. La jeune femme s'efforça de ne pas se laisser déprimer par le morne manque d'imagination qui les rendait toutes semblables et, à ses yeux, inhabitables. Matt s'enquit également de son opinion sur l'éventualité de leur association professionnelle ; Jenny se montra plutôt réticente à l'idée de travailler avec lui.

Pourquoi ? se demanda-t-elle avec perplexité. Par crainte de créer des frictions au sein de leur couple ? Non, au contraire, elle pressentait qu'ils pourraient fort bien collaborer dans un même bureau.

C'est justement là le fond du problème ! conclut-elle avec une certaine panique alors qu'ils regardaient un film quelconque dans la pénombre d'une salle de cinéma, pendant le week-end. Elle serait plus heureuse en travaillant avec Matt qu'en vivant avec lui. Son départ pour Hawaï avait peut-être été motivé par le désir inconscient, informulé, de différer leur mariage.

A partir du moment où cette brèche s'ouvrit dans son esprit, d'autres images s'y engouffrèrent, folles et contradictoires. L'image de Jordan lui revenait sans cesse en mémoire : son charme, son sourire, son humour, son allure racée ; sa jalousie aussi, quand il avait court-circuité le brin de cour du jeune cadre de la compagnie sucrière... Et sa demande de le suivre à Rarotonga. Avec le recul, elle comprenait qu'il n'avait jamais dû aller aussi loin avec une femme.

En sortant du cinéma — Jenny ne se souvenait déjà plus de ce qu'ils avaient vu — ils allèrent prendre une glace. Matt, comme à son habitude, ne parut pas remarquer l'humeur songeuse de sa compagne. Elle essaya d'attribuer son indifférence au remarquable équilibre qui le caractérisait : jamais il ne semblait affecté par les émotions d'autrui.

Mais si elle se sentait si seule, auprès de lui ce soir, c'est qu'elle aurait tant aimé se trouver auprès d'un autre. Car elle aimait Jordan. Maintenant que la vie quotidienne la happait de nouveau, qu'elle avait fui la magie des îles, elle pouvait en toute lucidité analyser ses sentiments. Son attirance pour Jordan n'avait rien d'une illusion passagère, il s'agissait d'un lien infiniment plus profond.

Elle s'était enfuie pour y voir clair mais le résultat s'avérait complètement différent de

144

celui qu'elle avait prévu. Qu'importe. Elle voulait retrouver Jordan ; désormais, elle se prêterait à tous les sacrifices, toutes les concessions. Elle avait enfin trouvé sa vérité.

— Encore un peu de café ? demanda Matt.

— Non merci.

Elle observa son compagnon sous un jour nouveau. Non, décidément, elle n'éprouvait rien pour lui. Absolument rien. La tragique erreur de sa mère ne la hantait plus : Mme Bentley aimait son mari. Jenny, elle, aimait Jordan. C'était aussi simple que cela.

Alors qu'il discourait sur la fluctuation des taux d'intérêts, elle l'interrompit gravement.

— Matt...

— Oui ?

— Je retourne à Kauai.

Il n'y eut pas de scène affreuse, aucune accusation gratuite, aucun grief. En apprenant les raisons de sa décision, Matt se montra plus intrigué qu'amer, ou hostile. En fait il sembla presque soulagé qu'elle ait perçu leurs différences avant qu'il ne soit trop tard.

Jennifer quitta l'aéroport de Kansas City le lendemain matin. Sa mère l'accompagna, triste mais résignée, comme si elle comprenait que la situation de sa fille ne présentait rien de commun avec celle qu'elle avait vécue.

Dans l'avion, la jeune femme se sentit gagnée par une extraordinaire vitalité. Elle revenait à la vie, littéralement. Peu importe ce que lui réservait l'avenir. Jordan se montrerait peut-être agressif, indifférent... à moins qu'il ne soit déjà parti à l'autre bout du monde. Mais si elle le perdait, ce ne serait pas faute d'avoir pris le risque de reconnaître ouvertement l'amour qu'elle lui portait.

Arrivée à Lihue, elle loua une voiture et envisagea de passer d'abord chez les Marstead. Lona et Ron devaient rentrer aujourd'hui de leur voyage de noces. Mais, une fois sur la route, elle fila directement chez Jordan.

Elle s'attendait à trouver une maison vide. Non, le garage était allumé. Déjà la nuit tombait. Le cœur battant à tout rompre, elle aperçut la silhouette familière de l'homme qu'elle aimait, torse nu, en jean, à demi penché sous le capot de sa voiture.

Assise à son volant, elle le regarda s'approcher en essuyant sur un chiffon ses mains maculées de cambouis. Il ne pouvait la reconnaître à cause de l'obscurité environnante ; une expression intriguée se lisait sur son beau visage aux traits creusés. Il continuait d'avancer, de sa démarche féline.

Quand il fut à portée de voix, elle descendit de voiture mais garda une main sur la portière, comme pour se protéger. La façon dont il la dévisagea la fit rougir. Mais au fait, songea-t-elle, savait-il seulement qu'elle était partie ? S'était-il soucié d'elle pendant son absence ?

— Je... j'ai vu que la pancarte « A vendre » a disparu, balbutia-t-elle pour dire quelque chose.

— Oui, la maison est vendue depuis quelques jours.

— Oh... ! Donc vous partez bientôt ?

Au lieu de répondre à sa question, il lui demanda brutalement :

— Où étiez-vous ?

146

— Chez moi, au Kansas. Mais je suis revenue ici.

— Le chant des pierres ! se moqua-t-il avec légèreté. Les îles vous ont rappelée à elles, je vous l'avais dit.

La gorge sèche, elle se décida à faire le grand saut.

— Je ne suis pas revenue pour les îles, mais pour vous. Je vous aime, Jordan. Je suis prête à accepter ce que vous êtes en mesure de me donner, sans exiger davantage de vous. Je ne comprends pas le besoin que vous avez de toujours vous échapper, mais je vous aime. Cela seul compte. Si vous devez continuer de vagabonder, je vous suivrai. Si vous voulez encore de moi...

Le masque de Jordan demeura impénétrable.

— Je vous ai cherchée, fit-il d'une voix neutre.

— Je suis partie parce que je ne savais plus où j'en étais. J'avais peur de me tromper. Certains détails concernant ma naissance à Kauai me poussaient à la méfiance. Je ne vous en ai jamais parlé.

— Vous ne m'aviez pas non plus donné votre adresse dans le Kansas. Les Marstead n'étant pas là, je ne savais pas comment vous contacter. La banque a refusé de me communiquer vos coordonnées, pourtant je les ai harcelés pendant des heures !

— Vous... vous êtes allé à la banque ? Pourquoi ?

— Parce que je voulais vous trouver, vous parler. Moi aussi j'ai réfléchi, ces derniers jours. Et j'ai également quelques révélations à vous faire. Venez...

Ils entrèrent dans la cuisine, où Jordan proposa un verre à la jeune femme. Elle accepta un jus de fruit. Elle se sentait étrangement calme, sereine. Ils passèrent ensuite au salon. A travers les baies vitrées filtraient les dernières lueurs du crépuscule ; des reflets cuivrés dansaient sur la mer.

Quand ils furent chacun assis dans un fauteuil, Jennifer prit courageusement la parole. Elle évoqua la malheureuse expérience de sa mère, qui avait tellement influencé sa manière d'envisager la vie, le bonheur.

— Quand je vous ai rencontré, j'ai eu peur de revivre la même erreur qu'elle. Je refusais obstinément d'admettre que je vous aimais, préférant ne voir dans nos relations qu'une forte attirance physique. Alors je suis retournée au Kansas et là-bas j'ai compris ce à quoi j'aspirais vraiment.

— C'est-à-dire ? murmura doucement Jordan.

— Je suis là, répondit-elle simplement. Je vous aime.

— Et Matt ?

— J'espère que nous resterons amis. C'est un gentil garçon.

Il se pencha vers elle, songeur, prit délicatement sa main entre les siennes. Sa voix était grave.

— Il est difficile pour un homme d'admettre ses sentiments. Il arrive qu'on ne reconnaisse l'amour qu'après l'avoir perdu.

— Jordan, je ne vous demande pas de déclaration passionnée...

— Mais je ne parle pas seulement de vous et moi.

148

— S'il s'agit d'une autre femme, vous n'êtes pas obligé de m'en parler.

— Il ne s'agit pas d'une femme, non... Je vous ai dit que ma famille habitait Boston. C'étaient des gens très bien, gentils, responsables. Honnêtes. Je faisais figure de rebelle parce que je refusais de m'adapter à leur conservatisme trop rigide à mon gré. Moi, je ne pensais qu'à voler. A dix ans, je m'étais fabriqué des ailes, j'ai sauté du toit du garage et je me suis écrasé sur la verrière des voisins. Au lycée, je ne rêvais que motos, planeurs, sauts en parachute. Mes parents s'inquiétaient de cette tendance à défier la mort, l'impossible. Mes activités leur déplaisaient. Et plus ils cherchaient à me protéger, plus je les rejetais ; j'en voulais aussi à mon frère, qui suivait sagement la voie tracée par notre père... Dès mon entrée à l'université, j'ai passé mon brevet de pilote puis je me suis mis au delta-plane. Je reconnais que j'étais très imprudent à l'époque, j'aurais pu mille fois me rompre le cou... Mais non, je sortais toujours indemne de mes cascades.

Il avait prononcé ces derniers mots d'un ton rageur, comme s'il trouvait injuste qu'il ne lui fût jamais rien arrivé de grave. Jennifer comprit bientôt pourquoi.

— Pendant que je faisais l'imbécile en risquant ma vie, mon frère et mes parents restaient tranquillement chez eux. A l'abri, au chaud dans leur lit. Sauf une certaine nuit... La chaudière à gaz a explosé. On n'a jamais su pourquoi. Mes parents ont brûlé vifs dans l'incendie qui a ravagé la maison. Mon frère a survécu trois jours. Ni les soins médicaux intensifs, ni ma présence, mon amour et mes regrets n'ont pu le sauver.

Jennifer avait la gorge complètement nouée. Après un long silence, elle hasarda :

— Mais vous ne pouvez pas vous sentir responsable de ce terrible accident...

— Je ne m'en sens pas responsable, je suis simplement effrayé par son absurdité. Cela me semble tellement injuste ! Il ne m'est jamais rien arrivé, à moi ! Et eux qui se croyaient à l'abri... Alors la vie m'est apparue absurde, futile. L'amour ne valait pas mieux à mes yeux, puisque l'on risquait de perdre ceux qu'on aimait... et que la douleur ne se refermait jamais. Je portais, je porte toujours, une plaie au cœur parce que j'aimais ma famille, oui. Et je regretterai jusqu'à mon dernier souffle de ne pas le leur avoir montré davantage... En mémoire de mon père, j'ai poursuivi mes études. Mais aussitôt après je me suis jeté avec frénésie dans le danger, j'ai tout tenté, relevé les pires défis. J'étais fou, désespéré...

— Et vous parcouriez le monde en laissant derrière vous des cœurs brisés, fit doucement Jenny.

— Si j'ai brisé des cœurs, ce n'était pas intentionnel de ma part. Aucun ne me procurait ce que je cherchais. Car je cherchais obscurément quelque chose, en effet. Mais ce n'était pas le frisson du danger.

— Que cherchiez-vous, alors ?

— Toi.

Il se pencha de nouveau vers elle, lui prit doucement le menton. Ses yeux bleus étaient redevenus lumineux.

— Veux-tu venir à Rarotonga avec moi ? questionna-t-il comme s'il lui lançait un dernier défi.

Elle n'hésita pas une seconde.

— Oui !

— Mais que ferons-nous de cette maison ?

— Tu m'as dit qu'elle était vendue...

— Jenny, quand je me suis aperçu que tu avais disparu, j'ai cru devenir fou. Il m'est apparu clairement qu'en refusant obstinément toute responsabilité je risquais de te perdre à jamais. Comme tu étais très loin et qu'il fallait bien commencer par quelque chose, j'ai acheté la maison. Les Johnson étaient furieux !

Ils rirent tous les deux en se dévisageant amoureusement. Puis Jennifer demanda :

— Mais avec quoi as-tu payé ?

— J'ai hérité de mes parents une véritable fortune. Pendant des années, j'ai refusé de toucher à cet argent — jusqu'à aujourd'hui. Je sais que, pour la première fois de ma vie, mes parents auraient approuvé ma décision ; parce que cette maison est importante pour nous.

Nous. Quel mot étrange dans la bouche de Jordan ! Mais la jeune femme n'eut pas le temps de s'en délecter car aussitôt il lui annonça une autre surprise de taille.

— J'ai également racheté l'affaire de Rasmussen, mon ancien patron. Je compte diversifier les activités en me lançant dans le transport de matériaux de construction par hélicoptère. J'y pensais depuis longtemps.

— Jordan, tu ne crois pas que tu vas un peu vite en besogne ? Tant de changements en si peu de temps !

— Jenny, adorable Jenny... tu ne comprends

151

donc pas ce que j'essaie de te dire depuis tout à l'heure ? Si tu restes auprès de moi, je n'ai plus besoin de parcourir le monde, comme un cheval fou. J'ai enfin trouvé ce que je cherchais.

— Mais tu as décidé tout ça sans même savoir si je reviendrais ?

— J'aurais remué ciel et terre pour te retrouver, je serais venu t'enlever en hélicoptère en plein cœur du Kansas. Heureusement, en fin de compte, que je n'ai pu me procurer ton adresse plus tôt... Tu es à moi, maintenant, Jenny ; n'est-ce pas ?

— Je t'ai déjà dit qu'on ne possède pas quelqu'un comme on possède...

— Réponds ! Es-tu à moi ?

— Oui !

Alors il l'enlaça, l'attira contre lui.

— J'ai beaucoup de défauts, Jenny. Je ne sais si je changerai un jour. Mais je t'aime.

Elle se blottit contre lui et lui tendit ses lèvres, le cœur inondé de joie.

— Vous jouez encore avec le feu, Jenny Bentley, murmura-t-il à son oreille.

— Si j'ai traversé un océan pour te rejoindre, c'est que je n'avais plus peur de me brûler.

— Mmmm... En es-tu sûre ?

— Mets-moi à l'épreuve...

Il rit doucement, le regard assombri de désir.

— Alors déboutonne ta robe.

Lentement elle défit les boutons de son corsage. Avec impatience, Jordan fit glisser le haut de sa robe sur ses hanches avant de dégrafer son soutien-gorge. Puis il la détailla longuement avant de la serrer soudain dans ses bras.

— Je n'arrive pas à y croire, Jenny... Je ne rêve pas?

— Non, mon amour. Ou alors nous faisons le même rêve. Embrasse-moi...

Il l'embrassa avec passion, couvrit son corps de caresses brûlantes. La robe avait glissé à terre.

— Jenny, tu n'as aucun regret?

— Aucun.

— Et tu seras heureuse ici, avec moi?

— Oh oui!

Avec un sourire il la prit dans ses bras, se dirigea vers l'escalier qui menait à sa chambre. Mais soudain la sonnerie impérieuse du téléphone retentit dans la nuit. Jordan maugréa quelque chose et s'immobilisa, hésitant à répondre. Dring, dring, dring... Le téléphone ne voulait pas se taire. Alors il déposa Jennifer sur un fauteuil et décrocha d'un geste brusque l'appareil placé sur la table basse, entre les deux sièges.

— Allô? fit-il d'une voix bourrue.

Il écouta quelques secondes avant de couvrir le combiné de sa main.

— Incroyable! chuchota-t-il. C'est Lona. Elle vient de rentrer, elle a trouvé ton mot et elle veut absolument savoir si tu es partie à cause de moi.

Il écarta l'écouteur de son oreille, laissant Lona débiter une orageuse tirade. Jennifer qui entendait ses éclats de voix se mit à pouffer.

— Quel chaperon! Une vraie duègne espagnole! poursuivit Jordan en aparté. Elle doit avoir des antennes pour avoir justement appelé au moment où... Oui, Lona, je t'écoute. Tu n'as pas à t'inquiéter, Jenny est partie mais elle vient de revenir. Tu comprendras. Comment...? Oui, elle est chez moi... Ah... D'accord, d'accord, je la ramène chez tes parents. Nous arrivons dans une demi-heure.

Il raccrocha et fit mine de s'arracher les cheveux.

— Elle est vraiment impossible ! Je te conseille de te rhabiller, Jenny. Si nous tardons trop, nous allons la voir rappliquer comme une furie.

Jennifer ne savait si elle devait en rire ou en pleurer. Le charme était rompu, il fallait se résigner. Mais un éclat soudain s'alluma dans les yeux de son compagnon.

— Je ne vois qu'un moyen pour nous débarrasser des interventions intempestives de ton chaperon, s'exclama-t-il joyeusement. Combien de temps faut-il pour obtenir un certificat de mariage, dans ce pays ?

Elle écarquilla les yeux. Croyait-il qu'elle allait l'épouser uniquement pour ne plus subir les remontrances de Lona ?

— Je t'ai dit un jour que je ne voulais pas t'épouser, mais uniquement faire l'amour avec toi ! Rien ne t'y oblige.

— Peut-être ai-je changé d'avis sur la question...

— Pourquoi ? A cause de Lona ?

— Non. Parce que je t'aime et que je ne te laisserai plus m'échapper. Ces quelques jours ont été intolérables.

— C'est faux ! Tu veux seulement te débarrasser de Lona !

— Jennifer... je veux que tu sois ma femme. Sincèrement. Pour la vie.

— Oh, Jordan !

154

Elle lui sauta au cou et murmura :

— Soit, j'accepte de faire l'amour avec toi et de devenir ta femme. Par quoi commencerons-nous ?

— Par un baiser. Puisque tout a commencé par un baiser...

Ce livre de la *Série Romance* vous a plu. Découvrez
les autres séries Duo qui vous enchanteront.

Désir, la série haute passion, vous propose l'histoire
d'une rencontre extraordinaire entre deux êtres
brûlants d'amour et de sensualité.
Désir vous fait vivre l'inoubliable.

Série Désir : 6 nouveaux titres par mois.

Harmonie vous entraîne dans les tourbillons d'une
aventure pleine de péripéties.
Harmonie, ce sont 224 pages de surprises et
d'amour, pour faire durer votre plaisir.

Série Harmonie : 4 nouveaux titres par mois.

Amour vous raconte le destin de couples
exceptionnels, unis par un amour profond et
déchirés par de soudaines tempêtes.
Amour vous passionnera, *Amour* vous étonnera.

Série Amour : 4 nouveaux titres par mois.

Série Romance : 6 nouveaux titres par mois.

Duo

Série Romance

213   **NORA ROBERTS**
Farouche et indomptée

Keane Prescott, le nouveau directeur, est fasciné
par la force de caractère de Joan. Jour après jour,
il la voit entrer sans frémir dans la cage aux lions.
Comment peut-il deviner que derrière cette
façade se cache un cœur tendre qui tressaille
au moindre de ses regards ?

214   **JULIET ASHBY**
Comme au théâtre

Samantha a le théâtre dans le sang. Aussi est-elle
ravie d'avoir décroché un petit rôle pour l'été.
Lors d'une répétition, Christopher Steele, le
metteur en scène, refroidit son bel enthousiasme
en la congédiant. Pourquoi la condamne-t-il
ainsi sans appel ?

215 **THEA LOVAN**
Dites-le avec tendresse

Jalouse de son indépendance, Sarah se laisse
pourtant attendrir par les larmes d'une petite
orpheline. Elle la recueille chez elle, lui redonne
le goût de vivre... jusqu'à ce que l'oncle de l'enfant
se souvienne subitement de son existence.
Pour l'amour de Ginny, les deux adultes
s'affrontent.

216 **TIFFANY PAYNE**
La crique des dauphins

La Crète! Maureen va enfin pouvoir s'adonner
à sa passion d'archéologue : exhumer des trésors
enfouis depuis des milliers d'années. En fait
de trésor, elle découvre l'oiseau rare, un
milliardaire beau comme un dieu grec.
Irrésistiblement attirée vers lui, elle ne peut
se défaire d'un sombre pressentiment...

218 **ELIZABETH HUNTER**
Un goût de larmes

Profondément meurtrie par une première
expérience malheureuse, Pippa hésite à refaire
sa vie. Mais Jim Buchanan s'est mis en tête de
l'épouser et il a bien l'intention d'arriver à ses
fins. Pauvre Pippa! Elle n'est pas de taille
à se défendre.

Ce mois-ci

Achevé d'imprimer sur les presses de l'imprimerie Bussière
à Saint-Amand-Montrond (Cher)
le 25 septembre 1984. ISBN : 2-277-80217-4. ISSN : 0290-5272
N° 1645. Dépôt légal septembre 1984. Imprimé en France

Collections Duo
27, rue Cassette   75006 Paris
diffusion France et étranger : Flammarion